www.bbulmedia.com

霸王의 별

패
왕
의 별

패
왕
의
별

1판 1쇄 찍음 2015년 2월 10일
1판 1쇄 펴냄 2015년 2월 13일

지은이 | 강호풍
펴낸이 | 정 필
펴낸곳 | 도서출판 뿔미디어

편집장 | 이재권
기획·편집 | 윤영상

출판등록 | 2002년 9월 11일 (제1081-1-132호)
주소 | 경기도 부천시 원미구 소향로 17번길(두성프라자) 303호 (우)420-864
전화 | 032)651-6513 / 팩스 032)651-6094
E-mail | bbulmedia@hanmail.net
홈페이지 | http://bbulmedia.com

값 8,000원

ISBN 979-11-315-6268-0 04810
ISBN 979-11-315-2568-5 04810 (세트)

패
왕
의
별

8

강호풍 신무협 장편 소설

뿔미디어

목차

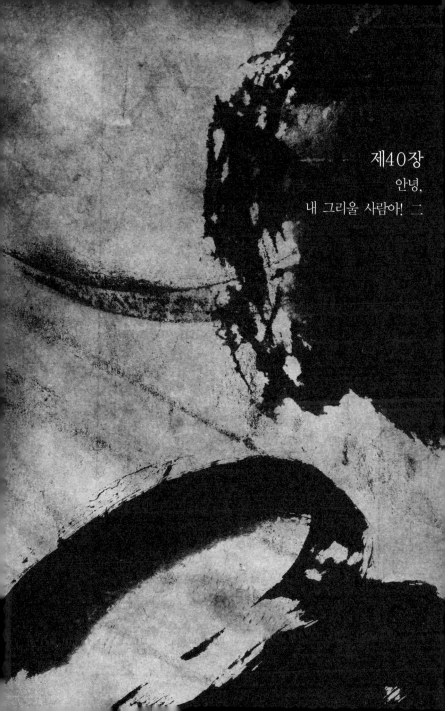

제40장
안녕,
내 그리울 사람아! 二

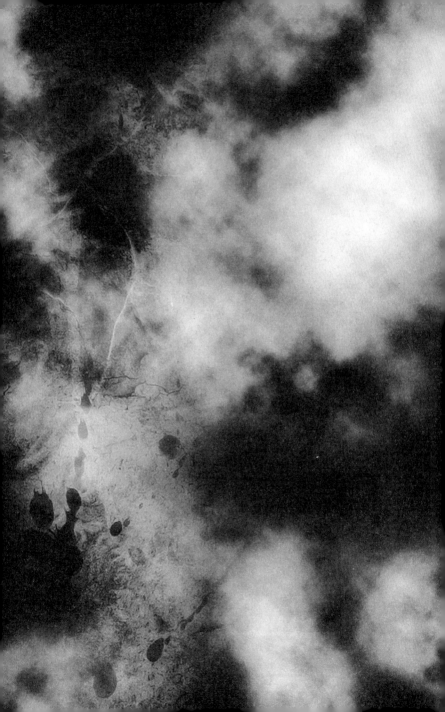

1

섬마검 관태랑.

그는 지금 눈앞에 보이는 현실을 믿을 수가 없었다.

천마검의 가슴 앞으로 튀어나온 비수.

안 된다! 이러면 안 되는 것이다!

백운회는 무림의 역사가 시작한 이래 공전절후한 무학의 천재였다. 그뿐 아니라 뜨거운 가슴을 가진 열혈남아였고 썩은 것을 도려내 새로운 세상을 펼쳐갈 혁명가이기도 했다.

그는 영웅(英雄)의 길을 걸어갈 사람이었다.

그렇기에 관태랑은 그를 지키고자 애썼다.

역도태(逆淘汰)!

숱한 인재들이 음모에 사라져 가는 더러운 역사의 반복을 끊기 위해서 전력을 다했다.

모리배들의 음모에서 천마검을 지키며, 그가 펼쳐 나갈 새로운 세상을 보고 싶었다. 오욕의 역사가 반복되는 것을 막기 위해서 관태랑은 최선을 다했다.

그런데 지금…… 악당의 더러운 비수가 천마검의 가슴을 관통했다.

억장이 무너져 내렸다. 아니, 하늘이 무너졌다.

"으아아아아!"

관태랑은 괴성을 질렀다. 그런 그에게 월마룡의 검이 짓쳐 들었다.

슈캉!

관태랑은 벼락처럼 발검했다. 검집을 나선 칼은 곧바로 월마룡의 검을 후려쳤다.

"크으윽!"

월마룡의 잇새로 신음이 터졌다. 그의 신형이 단숨에 몇 걸음 뒤로 밀려났다.

이건 정말이지 상상도 못한 빠름이었다. 더 황당한 것은 어마어마한 힘이 관태랑의 검에 실렸다는 점이다.

이 짧은 순간에?

아무리 관태랑이 대단한 고수라고는 하지만 기습을 당했다. 그런데 어떻게 이리 무지막지한 내공이 찰나에 칼에 담길 수 있단 말인가.

월마룡은 밀려나면서도 관태랑의 얼굴에서 시선을 놓지 않았다. 그리고 곧바로 그 이유를 알았다.

"독한 놈!"

관태랑의 코와 입에서 핏물이 터지듯 흘러나왔다.

너무나 짧은 시간에 감당할 수 없는 많은 공력을 끌어올린 대가였다.

진기가 진탕되는 것을 넘어 날뛸 것이다. 아마 전신이 불에 타는 듯한 고통이 잠시 후 덮칠 것이다. 더 나아가 주화입마를 입어 폐인이 될 수도 있었다.

살기를 바라는 마음이 조금이라도 있다면 당장이라도 단전을 멈추고 몸을 추슬러야 했다. 그러나 관태랑은 단전을 폭발적으로 가속시키며 검을 휘둘렀다.

수십여 개의 검영이 그의 검에서 뻗어 나왔다. 아니, 족히 일백여 개는 될 듯했다. 그 광경에 다시 앞으로 달리려던 월마룡은 입을 쩍 벌렸다.

미쳤다. 그러지 않고서야 급히 끌어 올린 공력을 저렇게 폭발시킬 수는 없는 법이다.

뇌악천과 몽혈비가 천마검의 수급을 취하려다가 대경하며 관태랑의 검영을 막았다.

쩌쩌쩌쩌쩌어어어엉!

그들이 미친 듯 휘두르는 검으로 인해 검막(劍幕)이 생겨났다. 그 검막 위로 관태랑은 검영을 계속 퍼부었다.

펑펑! 펑펑펑! 퍼어어어어엉!

"으으으……."

"미친!"

뇌악천과 몽혈비 장로는 치를 떨며 뒤로, 뒤로 밀려났다. 반드시 천마검의 목을 베리라 작정했지만 관태랑의 말도 안 되는 폭주에 버틸 수가 없었다.

어차피 천마검은 심장을 관통당했다.

죽은 목숨이다.

죽은 천마검의 수급을 취하려다가 관태랑의 발악에 자칫 큰일을 당한다면 자신의 손해였다.

뇌악천과 몽혈비 그리고 월마룡은 급히 뒤쪽의 수하들을 향해 이동했다.

관태랑이 미친 듯 공격을 퍼부은 것처럼 천마검의 뒤에선 수라마녀가 그랬다. 그녀는 보랏빛 채찍으로 마불과 사혈강을 거세게 몰아붙였다.

마불이 고개를 설레설레 흔들며 사혈강과 함께 물러났

다. 소교주와 약속한 자신들이 할 일은 끝냈다. 굳이 천랑
대의 절정 고수와 겨룰 이유는 없었다.

마불, 사혈강과 합류한 뇌악천이 외쳤다.

"천마검은 죽었다. 그러니 순순히 항복해라. 그렇다면
내 너희 천랑대를 귀히 쓰리라!"

몽혈비 장로는 수하들이 있는 곳으로 물러서면서 고개
를 갸웃거렸다.

"천마검이 왜 쓰러지지 않지?"

그의 말대로 천마검은 고개를 떨군 채, 몸을 부르르 떨
면서 여전히 서 있었다.

몇몇의 시선이 사혈강에게 향했다. 그러자 사혈강이 이
맛살을 찌푸리며 말했다.

"정확히 왼쪽 가슴, 심장이 있는 곳을 뚫었소! 모두 보
았잖소! 또한 비수에는 맹독을 발라 두었으니, 편작이나
화타가 살아온다 해도 천마검을 살릴 순 없소!"

뇌악천이 고개를 주억거렸다.

"나도 바로 앞에서 봤습니다. 곧 쓰러지겠지요."

그들은 천마검을 계속 살필 수가 없었다. 천랑대원들이
속속 도착해 천마검 앞에 선 것이다.

그 가장 선두에 있는 마령검이 분노에 찬 목소리로 뒤
에 있을 관태랑에게 말했다.

"부대주! 대주님은?"

관태랑은 백운회 앞에 무릎 꿇었다. 그리고 백운회를 올려다보았다.

둘의 눈이 마주쳤다.

관태랑은 아직도 코와 입에서 피를 흘리며 말했다.

"대주님, 제 말이 들리십니까? 괜찮으십니까?"

수라마녀도 관태랑 뒤에서 부복하고 백운회를 보았다.

"대주님!"

천랑대에서 가장 의술이 뛰어난, 삼조원 문수기가 품에서 급히 침통과 금창약을 꺼냈다. 그러나 그는 심장에 박힌 비수를 보고는 망연자실한 얼굴로 아무것도 하지 못했다.

그때 백운회의 입술이 열렸다.

"나는…… 천마검 백운회야."

희미하지만 동시에 또렷한 음성이었다. 관태랑과 수라마녀뿐만 아니라 문수기도 들었다. 멍하니 다가오던 선지운도 들었다. 그리고 천랑대원들도 들었다.

모두의 눈에서 왈칵 눈물이 쏟아졌다.

관태랑이 고개를 주억거렸다.

"예, 대주님. 다행입니다, 다행입니다."

"관태랑."

"예, 대주님."

"스스로를 아껴라."

"……!"

관태랑은 울음을 참으며 고개를 끄덕였다. 자신이 과하게 공력을 끌어 올린 것을 지적하고 있는 것이다.

선지운은 고개를 절레절레 저으며 중얼거렸다.

"이건…… 말도 안 돼."

아무리 공력이 심후하더라고 심장을 관통당하면 죽는다. 신이 아니라 사람이니까.

그런데 지금 대주님은 비록 희미한 목소리지만 말을 하고 있었다. 그뿐만 아니라 관태랑의 상태까지 정확하게 인지하고 있었다.

그 순간 백운회의 입에서 핏물이 주르륵 흘렀다.

검은 피.

그걸 본 선지운은 이제 곧 백운회가 죽을 것이라고 확신했다. 신형이 땅으로 허물어질 것이다. 그런 생각에 다시 가슴이 쓰라리고 고통스러웠다.

그런데 놀랍게도 백운회는 검은 핏물을 흘리면서도 말했다.

"수라마녀."

"예, 대주님."

"마령검!"

귀를 쫑긋 세우고 있던 마령검이 대답했다.

"예, 대주님."

"소교주, 마불, 사혈강의 수급을 가져오라!"

수라마녀가 벌떡 일어나 고개를 숙였다.

"존명!"

마령검은 검을 천공으로 치켜들었다.

"대주님의 명이시다! 부대주님의 직속 호위를 제외하고
는 모두 나를 따르라!"

"존명!"

천랑대원들이 분노에 찬 함성을 지르며 앞으로 달려 나
갔다.

문수기 옆에 있던 선지운은 여전히 멍한 얼굴로 말했
다.

"심장이……."

관태랑이 말했다.

"대주님께서는 내장역위(內臟逆位)시다."

"……!"

"나와 네 명의 조장들만 알고 있는 비밀이지."

내장역위!

일만 명 정도에 한 명꼴로 내장의 위치가 반대로 태어

나는 사람이 있다.

백운회가 그랬다. 즉, 그의 심장은 왼쪽이 아닌 오른쪽에 있었다.

문수기와 선지운이 화들짝 정신을 차렸다. 그러나 문수기는 곧 이해가 안 된다는 표정을 지었다.

"부대주님. 그렇다면 대주님께서 흘린 검은 피는?"

"대주님께서 몸에 들어온 독을 몰아내고 계신 거야."

"아!"

관태랑은 소매로 눈물을 훔치며 백운회를 올려다보며 말했다.

"대주님, 정말 다행입니다. 심장을 피했다고는 하나 다른 장기가 파손되어…… 대주님을 다시 못 보는 줄 알고 제 심장이 멎는 줄 알았습니다."

백운회가 빙그레 웃었다.

"나는…… 늘 운이 좋지."

"예, 대주님."

"자네를 얻은 것만 봐도…… 그렇잖아."

관태랑도 미소를 짓고는 말했다.

"말을 아끼십시오. 독을 몰아내는 데 적지 않은 시간과 집중이 필요할 것입니다."

"그래……."

백운회는 약간 고개를 끄덕이고는 눈을 감고 독을 몰아
내는 것에 몰입했다.

문수기가 관태랑을 향해 물었다.

"부대주님, 제가 무엇을 하면 될까요?"

관태랑은 고개를 저었다.

"일단 대주님 스스로 독부터 몰아내는 게 먼저네. 그다
음에 자네가 치료를 시작하면 될 거야."

그때 병장기들이 부딪치는 소리가 요란하게 터졌다. 그
러나 이곳에 있는 이들의 관심은 오로지 천마검이었다.

문수기가 답했다.

"예, 그럼 저는 치료 준비를 하겠습니다."

"그러게. 쿨럭."

관태랑이 기침을 하며 잠시 멈췄던 피를 한 움큼 쏟아
냈다. 그에 문수기가 놀라 말했다.

"부대주님. 부대주님부터 치료를 받으셔야 할 것 같습
니다."

"나는…… 괜찮아."

관태랑의 얼굴이 붉어졌다. 월마룡이 예상한 것처럼 불
로 지지는 듯한 고통이 시작된 것이다.

뜨거웠다.

그리고 몸속도 마찬가지였다. 혈관에 수만 마리의 개미

들이 달라붙은 것 같았다.

관태랑은 이를 악물었다.

버텨야 한다. 이겨 내야 한다.

대주님께서 사실 것이니 자신도 살아야 했다.

그는 무릎걸음으로 뒤로 물러났다. 금방이라도 쓰러질 듯한 그는 천마검과 약간의 거리를 두고는 가부좌를 틀었다.

단전을, 혈도를 다스려야 했다. 그것도 참기 어려운 끔찍한 고통을 참으면서!

치가 떨릴 정도로 뜨거웠다. 몸이 다 타서 재만 남을 것 같았다. 그러나 그는 버텼다.

대주님도 버티고 계시다. 그러니 자신도…….

눈을 감으려던 관태랑은 자신도 모르게 입을 쩍 벌렸다. 그의 열린 잇새로 탄식이 흘렀다.

천마검의 등 뒤, 용락산에서 검은 인영들이 모습을 드러냈다.

흑의 소매 끝의 황금빛 단이 유독 빛났다.

관태랑의 눈에서 눈물이 주르륵 흘렀다.

왜 그런 생각을 하지 못했을까?

소교주와 마불 그리고 사혈강이 감히 우리들에게 대항할 생각을 하다니.

그건 그들 뒤에 그분이 있기 때문이었다.

천마신교의 교주, 뇌황.

아니, 교주가 그 뒤에 있을 거라고 생각하지 못했다기보다는 그럴 시간이 없었다는 것이 맞았다.

배신과 기습은 갑자기 일어났고, 그 분노가 아직 가라앉지도 않았으니까.

지금 용락산에서 천천히 걸어 나오고 있는 흑의인들은 본교 교주의 직속 호위 겸 척살대.

마풍단(魔風團).

천랑대는 본교의 외당 최강의 부대다. 그뿐만 아니라 내당, 내원에서도 천랑대를 능가하는 무력 단체는 없다.

사실상 본교 최강의 무력 집단.

그러나 딱 하나, 천랑대와 맞먹는 곳이 존재하는데, 그것이 바로 마풍단이다.

태상장로 셋, 장로 셋, 호법 넷을 포함한 일백 명의 고수들이 모인 곳.

다만 그들은 거의 활동을 하지 않았고 실제로 지난 이십여 년간은 존재만 할 뿐 전혀 움직이지 않았다.

일백 명이 거의 동시에 용락산에서 걸어 나오는데 작은 소음은커녕 기척조차 없었다. 그리고 그 마풍단 선두에 백발의 노인이 뒷짐을 지고 서 있었다.

그가 바로 십만 명의 교도들 최정상에 자리하고 있는 뇌황이었다.

관태랑은 지옥 같은 고통을 참으며 자리에서 일어났다. 그리고 차분한 목소리로 말했다.

"선지운."

선지운은 초조한 얼굴로 천마검과 전투 상황을 번갈아 보고 있었다.

"예?"

"너에게 우리 대주님을 부탁해야겠다."

"……?"

선지운은 고개를 갸웃거리다가 이내 관태랑과 문수기 그리고 주변에 서 있는 열 명의 호위들이 한쪽을 보고 있음을 깨달았다.

선지운의 시선이 그들을 따라 이동했다. 그리고 그의 눈이 화등잔만 해졌다.

대체 언제 저리 많은 이들이 나타났단 말인가?

백운회도 감고 있던 눈을 떴다. 그리고 뒤돌아섰다.

뇌황과 천마검의 시선이 마주쳤다.

뇌황은 묘한 미소를 머금었고 천마검은 얼굴을 일그러트렸다.

그리고 뇌황의 입술이 열리며 어마어마한 공력을 담은

고함이 터졌다.

"갈!"

짧은 한마디 말!

그러나 그 짧은 고함으로 인해 대기가 부르르 떨었다.

천랑대의 싸움도 멈췄다.

동시에 백운회의 안색이 하얗게 질리더니 입술 사이로 핏물이 주르륵 흘렀다.

붉은 피다.

독을 몰아내던 진기가 진탕되면서 내상을 입어 버린 것이다. 때문에 다시 독이 몸속에서 퍼져 나가기 시작했다.

그 피를 본 뇌황이 비릿한 미소를 지으며 말했다.

"천마검, 자네의 상태가 매우 안 좋아 보이는군. 겨우 천마성(天魔聲) 한마디에 피까지 흘리다니."

"……."

"아! 그러고 보니 천마성을 자네가 나에게 알려 주었지 아마?"

백운회는 한 차례 한숨을 뱉었다.

"그렇군. 교주께서 뒤에 계셨군요. 그러니까 소교주 따위가 이런 말도 안 되는 짓을 벌일 수 있었던 거야. 그러니까 마불과 사혈강이 이런 짓거리에 동참했던 것이고."

쓴웃음이 연신 흘렀다. 이들의 연기에 완벽하게 속아 넘어간 자신이 부끄러웠다.

스스로를 너무 믿었다. 확신의 함정에 빠졌다.

그것이 돌이킬 수 없는 파국을 불러왔다.

그러나 백운회는 사람이었다. 천류영이 스스로가 신이 아닌 사람이라고 말했듯이 그 역시 모든 것을 간파할 수는 없었다.

머리는 백발이나 피부는 마치 젊은이처럼 팽팽한 뇌황은 여유롭게 발을 내디디며 말했다.

"천마검, 난 개인적으로 자네가 꽤 좋았어. 자네와 함께한 십 년은 정말 짜릿한 시간들의 연속이었지."

"교주……."

"잊지 못할 거야. 자네와 함께 무공에 대해 토론하고, 자네와 같이 새외 변방을 말달렸던 순간들을. 수많은 전투를 치루면서 우린 나이를 떠나 서로에게 감탄하고 서로 존중했지."

"……."

"자네가 내 아들이라면 얼마나 좋을까? 그런 생각을 수백, 수천 번은 했을 거야. 괜한 아쉬움에 악천이에게 참 모질게 대하기도 많이 했고……. 악천이 잘못도 아닌데 말이지."

백운회는 이마의 머리카락을 천천히 쓸어 넘기며 말했다.

"결국 능력도 없는 소교주를 밀어 주겠다는 거군. 역시 피는 물보다 진하다는 건가?"

뇌황은 멈춰 서서 미간을 찌푸렸다.

"내 말을 오해했군. 악천이가 능력이 없는 건 아니지. 자네가 너무 뛰어난 거야. 하지만 내 뒤를 이을 능력은 충분하지. 왜냐하면 이번에 악천이는 제대로 연기를 했거든. 자네나 섬마검조차 속여 넘길 정도로. 우리들에겐 그런 연기력이 필요하지. 천민들을 속일 연기력이."

"훗, 결국 교주의 그릇도 고작 그 정도밖에 안 된다는 말이군."

백운회의 비아냥에 뇌황의 얼굴이 사납게 변했다.

"천마검, 너는 그래서 아직 풋내기인 거다. 제왕의 자리는 능력으로 결정되는 게 아니야. 그런 대단한 능력은 너희 같은 천민들에게나 필요한 거지."

"천민들이라……."

"너희들 같은 종자들이 능력을 열심히 갈고닦아서 우리를 위해 봉사하는 거다. 그게 세상의 이치야."

백운회의 눈가가 파르르 떨렸다.

"교주, 지금 말장난하자는 거요? 그건 이치가 아니라 만용일 뿐이야."

"말장난? 만용? 크크큭, 우습군. 기껏 세상의 이치를 말해 주니 겨우 그런 식으로밖에 못 듣다니. 생각해 보라고. 똑똑한 놈들이 죽어라 공부하고 수련해서 한 자리를 맡게 되면, 그들이 누구를 위해 봉사하지? 민초? 크하하하……. 아니다. 권력자를 위해 봉사하지."

"……."

"그게 세상의 순리라는 거야. 그런데 너는 위험천만하게도 그 순리를 바꾸려 했지. 그래, 너는 위험요소였어. 너 같은 녀석이 제왕의 자리에 오르면 기존 질서가 무너져. 혼란이 찾아온다는 말이야. 그럼에도 나는 너를 쳐 내지 않고 아껴 주었지. 왜냐고? 이용가치가 있었으니까. 다시 말하면 나에게 봉사할 기회를 준 거지."

백운회는 한숨을 삼키며 쓴 미소만 지었다.

권력자에겐 연기력이 필요하다?

맞다.

교주는 대단한 연기력을 지녔다. 선민사상과 아집으로 똘똘 뭉쳐진 그는, 단순한 무공광으로 자신과 사람들을 속였다.

기존 질서? 당신들만의 기득권을 지키기 위한 질서겠지.

뇌황의 말이 이어졌다.

"그런데…… 이제는 안타깝게도 자네를 그만 내쳐야 할 때가 되었어. 자네가 내 자리를 넘보지만 않았어도 우린 더 긴 시간을 함께 했을 텐데. 정말 아쉽게 생각하네."

마령검과 수라마녀가 천랑대를 이끌고 돌아와서 천마검을 중심으로 원진을 꾸렸다.

그리고 뇌악천과 마불, 사혈강은 거친 숨을 토해 내며 다가와 뒤를 막았다.

잠시 그 모습을 지켜보던 뇌황이 다시 입을 열었다.

"교주의 이름으로 명한다. 천랑대는 내 앞에 엎드려라. 따르는 자는 기회를 얻을 것이고 거역하는 자는 죽음뿐이다."

그러나…… 한 명, 단 한 명도 엎드리지 않았다. 아니, 오히려 들고 있는 검을 더 강하게 쥐고는 살기를 드러냈다.

그 모습에 뇌황의 양 뺨이 부들부들 떨렸다.

설마하니 단 한 명도 명을 따르지 않을 것이라고는 예상 못한 것이다. 아무리 뭐라고 해도 자신은 천마신교의 교주인데 말이다.

뇌황의 눈이 살기로 번들번들해졌다.

"역시…… 천마검과 천랑대는 위험하단 말이지. 크크 큭."

짧은 웃음을 마친 뇌황이 서슬 퍼런 목소리로 말했다.

"모조리 죽여라!"

2

천마검과 뇌황이 대화를 나누는 사이에 관태랑은 주변을 훑었다.

상황은 완벽하게 암울했다.

천마검은 큰 부상과 함께 정체 모를 맹독에 중독된 상황이고, 자신은 진기가 날뛰고 있었다.

선택의 시간이 도래했음이다.

투항하느냐? 저항하느냐?

그러나 사실상 답은 하나뿐임을 관태랑 스스로 잘 알고 있었다.

천랑대의 다른 이름은 자부심.

그는 지독한 고통을 떨치고 싶은 마음에 고개를 세차게 도리질 쳤다. 그때 수라마녀와 마령검이 천랑대원들과 당도해 원진을 갖추기 시작했다.

서로의 눈이 마주쳤다.

모두가 비장한 표정이었다. 살 생각을 버린 자들에게서나 나올 수 있는 눈빛이 줄기줄기 흘러나왔다.

관태랑은 그들의 눈을 보면서 입꼬리를 치켜 올렸다. 아무도 입 밖으로 말은 하지 않았지만 이심전심(以心傳心)이었다.

자신들은 이곳에서 죽는다. 그러나 한 명은 반드시 살려야 한다.

자신들의 대주, 자신들의 사령관, 그리고 자신들의 희망이며 우상인 천마검.

관태랑은 지척에 있는 선지운을 보았다. 선지운은 넋이 반쯤은 나가 있는 표정이었다. 관태랑이 그에게 다가가 속삭였다.

"내 말 잊지 않았지?"

선지운은 화들짝 놀라 관태랑을 보며 낮게 반문했다.

"무슨?"

"대주님을 부탁한다."

"......?"

"포위망은 우리가 어떻게든 뚫는다."

선지운은 고개를 저으려고 했다. 그런 막중한 임무를 자신이 감당할 수 있을지 엄두가 나지 않았다. 하지만 그는 고개를 젓지 못했다.

관태랑을 비롯한 천랑대원들의 비장한 표정 때문이었다.

할 수 있고 없고는 차후의 문제였다. 아니, 해야만 하는 일이었다. 이 부탁을 거절하는 건 사치였다. 이들의 간절함을 꺾는 비정함이었다.

선지운은 입술을 꾹 깨물고 고개를 끄덕였다.

"최선을 다하겠습니다."

"고맙다. 네 칼솜씨는 좀 그렇지만, 체력과 경공은 나쁘지 않으니까. 믿겠어."

그때 뇌황이 투항할 자는 엎드리라고 외쳤다. 그러나 한 명도 명을 따르지 않자 분노한 그는 척살령을 내렸다.

"모조리 죽여라!"

뇌황의 명이 떨어지자 마풍단이 조용히 움직였다.

한 발, 한 발.

그들은 소리도 없이 발을 내디디며 천랑대를 압박했다. 가공할 살기와 마기가 뒤엉켜 대기를 흔들었다.

백운회는 그들을 보며 가슴에 박힌 비수를 뽑았다.

피가 쏟아졌다. 그러나 백운회는 고통의 내색도 없이 손으로 가슴 부근을 점혈했다. 그러자 흐르던 피가 멎었다.

그의 입술이 열렸다.

"나는 천마검 백운회야!"

그의 음성은 낮지만 또렷하게 허공으로 퍼졌다. 그런

천마검의 당당한 모습에 마풍단원들이 미간을 찌푸리며
멈췄다.

단순히 목소리 때문에 멈춘 것이 아니었다. 천마검의
신형으로부터 퍼져 나오는 기운이 그들의 발목을 잡은 것
이다.

사람들의 눈동자가 흔들렸다.

황당하게 내장역위라 심장은 피했다 하더라도 가슴을
관통 당했다. 또한 맹독이 몸 안에 침투했다.

그런 인물이 뿜어낼 수 있는 기운이 아니었다.

하지만 마풍단은 다시 발을 내디뎠다. 그들 역시 최강
이라는 자부심을 가지고 있었다.

그러나…… 확실히 그들의 속도는 느려졌고 눈에는 신
중함이 담겼다.

교주와 비슷하거나 혹은 능가한다는 천마신교 최고의
고수인 천마검을 향한 경계심이 본능적으로 발동된 것이
다.

백운회는 아직까지 들고 있는 검을 힘껏 쥐었다.

그도 수하들과 똑같은 생각을 했다.

자신은 이곳에서 죽는다. 하지만 수하들은 이곳에서 살
려 내보낸다.

백운회는 몸속의 독에 대해 신경을 끊었다. 독이 전신

에 퍼져 죽기 전에 마지막 불꽃을 태우리라.

원대한 꿈은 여기서 사그라지겠지만 살아남은 이들이 대신 꿈을 꾸어 줄 것이라 믿었다.

"천랑대는 내 뒤를 따르라. 내가 포위망을 뚫는다!"

그는 진로를 용락산으로 택했다. 교주와 마풍단을 등지는 것은 더 위험하다는 것을 잘 알기 때문이었다.

백운회가 발을 내디디려는 순간 신형이 부르르 떨렸다.

푹, 푹푹푹.

백운회의 몸 몇 곳을 공력이 담긴 손가락이 와서 찔렀다.

누군가가 몸을 움직일 수 없게 마혈을 점한 것이다.

백운회는 흔들리는 눈동자로 마혈을 찍은 사람을 보았다.

"관태랑…… 네가 왜?"

관태랑은 백운회의 앞에 마주 서서 물기에 찬 눈으로 말했다.

"보중하셔야 합니다, 대주님."

"……."

"부디 공력으로…… 마혈을 풀지 마시고 독을 몰아내는 데에만 집중하십시오. 제 뜻을, 우리의 염원을 버리지 마십시오. 포위는 저희들이 뚫겠습니다."

"관태랑! 당장 해혈하라!"

"대주님이 돌아가시면 저희는 살아도 산 것이 아닙니다. 저희가 저승에서라도 꿈을 계속 꿀 수 있게 해 주십시오."

"……!"

"이곳 말고도 다른 천랑대원들이 있습니다. 그뿐이겠습니까? 본교의 많은 사람들이 대주님을 보며 희망을 품고 있습니다. 척박한 새외가 아닌, 풍요로운 땅에서 살고 싶어 하는 그들의 희망을 놓지 마십시오."

"너희들을 버리고 살아남는다면 내 무슨 면목으로 그들을 보겠는가?"

"복수해 주십시오. 그리고 계속…… 우리가 함께했던 꿈을 위해 나아가 주십시오. 그렇다면 저희는…… 저승에서도 웃을 수 있을 겁니다. 저희가 대주님을 따랐던 이유를 잃지 말아 주십시오."

관태랑의 호소에 천랑대원들이 동시에 외쳤다.

"그렇게 해 주십시오, 대주님!"

천랑대는 다가오는 마풍단을 노려보았다.

뭉클뭉클.

천랑대원들의 신형에서도 마풍단에 지지 않는 마기가 피어올랐다.

선지운은 관태랑과 천마검 사이로 들어섰다. 그리고 움직일 수 없는 천마검을 업었다.

백운회가 외치듯 말했다.

"명이다. 마혈을 당장 풀어라!"

그 순간 관태랑이 백운회의 어깨를 손으로 힘껏 움켜잡았다.

"백운회!"

"……!"

"정말 나를 벗으로 생각한다면, 친구로서 마지막 부탁이야. 살아 줘. 내가…… 우리가…… 너를 도울 수 있게 해 줘. 너를 살릴 수 있게 해 줘."

"관태랑……."

"그렇게…… 해 줘."

수라마녀가 끼어들었다.

"저도 대주님을 돕게 해 주세요."

마령검이 말했다.

"폭혈도와 귀혼창에게 안부 전해 주십시오. 그리고 그동안 고마웠습니다, 대주님."

천랑대원 중 누군가가 외쳤다.

"대주님을 위해 죽는 건 영광입니다."

또 다른 천랑대원이 소리쳤다.

"지금은 독을 몰아내는 것만 생각하십시오. 마혈을 풀려고 공력을 허비하면 대주님을 원망할 겁니다. 사셔야 합니다."

천랑대원들이 잇따라 외쳤다.

"살아 주십시오."

"우리의 결심을, 희생을 헛되이 만들지 말아 주십시오."

"제 인생에서 가장 빛난 순간은 늘 대주님과 함께했던 순간이었습니다. 감사했습니다."

"마인도 세인들로부터 배척받지 않고 존경받으며 살 수 있다고 하신 말씀을 기억합니다. 제 아이가 그런 세상에서 살 수 있도록 꼭 부탁드리겠습니다."

"다시 태어나도 대주님을 만나고 따르겠습니다. 부디 그때도 저를 거둬 주시길."

모두가 거의 동시에 말을 쏟아 냈다. 그래서 무슨 말인지 알아듣기가 어려웠다. 그런데…… 그럼에도 그들의 말이 백운회의 귀에, 가슴에 알알이 박혔다.

백운회의 입술이 덜덜 떨렸다. 그런 백운회를 보며 관태랑이 말했다.

"내가 사랑한 벗, 내가 존경한 무인. 당신을 영원히 기억하겠습니다."

"관태랑, 명령이야. 당장 마혈을 풀어라. 제발!"

"안녕, 내 그리울 사람아. 부디 살아서 우리의 꿈을 이뤄 주길."

그 말을 끝으로 관태랑은 백운회의 아혈을 짚었다. 말하느라 심력을 낭비하지 못하게.

그리고 품속에서 손수건을 꺼내 들어 백운회의 눈을 가렸다. 혹여 자신들이 죽는 모습에 가슴 아프지 않게.

관태랑은 돌아섰다. 어느새 마풍단은 이십여 걸음까지 다가와 있었다. 그들의 얼굴엔 경계심이 물씬 묻어났다. 천랑대가 죽을 각오로 달려들 것임을 인지한 것이다.

관태랑이 전면을 가볍게 훑고는 외쳤다.

"뿔 고동을 불어라!"

우우우우우웅!

뿔 고동 소리가 허공 위로 길게 퍼져 나갔다.

비상을 뜻하는 신호다.

멀리 그리고 곳곳에 흩어져 있는 세작들이 흑랑대와 나머지 천랑대에게 빠르게 연락을 취할 것이다. 그리고 청성산에 남아 있을 아군에게도.

관태랑은 검을 들어 천공을 찔렀다. 몸은 여전히 갈기갈기 찢어질듯 아프다. 그저 서 있는 것조차 고역이다. 그러나 그는 심호흡을 하고는 칼을 내려 정면을 겨눴다.

'부디 대주님이 빠져나갈 때까지 내가 버틸 수 있기를.'

그의 입에서 고함이 터져 나왔다.

"자랑스러운 천랑대의 동료들이여!"

그의 외침이 사방으로 퍼져 나갔다. 그러자 천랑대원들이 동시에 외쳤다.

"우리가 꿈꾸는 것을 위하여! 새로운 세상을 우리 힘으로 열리라!"

그들은 울었다. 울면서 눈물을 훔치며 외쳤다.

그리고 관태랑과 수라마녀, 마령검과 천랑대원 모두가 동시에 목을 놓아 소리 질렀다.

"그리하여 마침내 우리는 전설이 되리라!"

노도와 같은 고함이 전방을 향해 뻗어 나갔다.

"와아아아아!"

"우리는 천랑대다!"

관태랑이 다시 외쳤다.

"수라마녀! 뒤를 막아라!"

수라마녀는 천마검을 보던 물기 어린 시선을 거두고 답했다.

"옛! 반드시 앞을 뚫어 주세요. 그때까지 최선을 다해 뒤를 사수할 터이니!"

붉은 태양이 지평선 위로 떠올라 천랑대가 마풍단을 향

해 돌격하는 모습을 지켜보았다.

또한 그런 천랑대의 배후를 노리고 움직이는 소교주와 마불, 사혈강도.

쩌어어어엉!

칼과 칼이 부딪치며 쇳소리를 길게 퍼트렸다.

"끄아아아악!"

누군가가 비명을 질렀다. 어디선가 피분수가 허공으로 솟구쳤다.

"뚫어라! 단숨에!"

"나아가라! 우리는 천랑대다!"

천랑대 삼조원, 문수기.

그는 의술에 능하다. 그렇기에 전장에서는 후위에 서는 편이다. 무공에 자신이 없어서가 아니다.

자신이 건재해야 동료가 부상당했을 때 도울 수 있기 때문이었다.

그러나 지금 그는 최선두에서 맹렬히 칼을 휘둘렀다.

알고 있는 것이다.

이 순간이 지나면 내일은 없음을. 바로 지금이 가지고 있는 모든 것을 끌어낼 때임을.

"으아아아아!"

그는 가진 바 공력을 다해 힘껏 검을 휘둘렀다. 그의

검에 마풍단원 하나가 눈을 부릅뜨고 이를 악물었다.

심장에 박힌 검.

그러나 마풍단 역시 고수였다.

서걱.

죽는 그 순간에도 그의 칼은 움직였고 문수기의 왼팔이 허공으로 날아갔다.

문수기의 잘린 팔에 섬뜩한 한기가 덮쳤다. 그 한기는 이내 불로 지지는 듯한 열기가 되었다. 마치 용암이 몸 안으로 침투하는 듯했다.

"끄으으윽."

치를 떨어도 떨쳐 낼 수 없는 고통에 머릿속이 찰나 하얗게 비어졌다. 그러나 그 통증 속에서도 그의 오른팔은 다시 움직였다.

'내가 한 명이라도 더!'

그래야 동료가 조금이라도 편해진다. 그래야 대주께서 살 가능성이 약간이라도 높아진다.

왼팔에서 피가 콸콸 쏟아졌다. 하지만 그는 지혈을 위한 점혈은 생각지도 않았다. 그 시간에 한 번이라도 더 칼을 움직여야 하니까.

쇄애애액! 파파팟. 쨍쨍쨍! 슈가각!

한 발 나아가는 것이 이렇게 어려웠던 적이 있었던가?

과연 마풍단이다.

하지만…… 나는 그리고 우리는 천랑대다!

늘 선두에서 적진을 종횡무진 돌파하던 대주님의 뒤를 따르기만 했었다.

이제 알았다.

선두에 선다는 것이 얼마나 무거운 책임감이 필요한 것인지. 얼마나 외로운 일인지.

'드디어 제가 대주님의 앞길을 열어 드릴 수 있게 되었습니다.'

그의 옆구리에, 가슴에, 허벅지에 칼이 꽂혔고, 베고 지나갔다. 그러나 문수기는 다시 한 걸음을 내디뎠다.

허벅지와 종아리가 부들부들 경련을 일으켰다. 하지만 지독한 아픔보다 한 걸음이 더 간절했다.

쩡쩡! 푸욱.

한 마풍단원의 거센 공격을 뚫고 배 중앙에 검을 쑤셔 넣었다. 그 순간 문수기는 갑자기 시야가 흔들리며 눈에 보이는 광경이 변한 것을 깨달았다.

하늘이 보였다.

시뻘건 태양이 떠오르고 있었다.

장엄한 광경이었다. 동녘 하늘은 붉었고 천공은 엷은 청빛이었다.

다시 풍경이 바뀌었다.

원진의 중앙에 있는 선지운이 보였다. 그리고 그가 업고 있는 천마검, 나의 대주님도.

보는 것만으로 괜히 미소가 지어졌다. 그런데 갑자기 시야가 까무룩 어두워졌다. 생각이 끊겼다.

털썩.

허공으로 떠올랐던 문수기의 수급이 땅으로 떨어져 굴렀다.

콰직!

그의 머리를 마풍단의 장로, 혈마탄(血魔彈)이 밟아 으깨며 외쳤다.

"뭐하는 것이냐? 불과 일백의 천랑대다! 단숨에 깨부수란 말이다! 우리는 마풍단이란……."

그의 고함은 이어지지 못했다. 문수기 옆에서 싸우던 섬마검 관태랑의 칼이 짓쳐 든 것이다.

쩌어엉!

"큭!"

혈마탄의 신형이 뒤로 세 걸음 밀려났다. 그의 눈에 불신의 기색이 역력했다.

섬마검 관태랑.

놈의 대단함은 익히 잘 알고 있다. 그러나 이렇게까지

심후한 내력을 지니고 있었던가?

혈마탄의 동체에 짙은 마기가 피어올랐다.

섬마검의 코와 입에서 핏물이 흘러내렸다. 제 몸을 살피지 않고 있는 바 내력을 모조리 폭발시키고 있는 것이다.

이건 함께 죽자는 동귀어진의 수법이었다.

굳이 섬마검의 몸을 자세히 살피지 않아도, 그의 몸 전체가 잘게 떨리고 있는 것이 확연히 보였다.

"건방진 놈! 그렇게 무분별하게 공력을 써서 나를 이길 수 있다고 생각하는 것이냐?"

말과 동시에 혈마탄의 신형이 허공으로 솟구쳤다.

쇄애애액.

거친 파공성과 함께 기형검이 관태랑의 머리 위로 떨어졌다. 핏빛을 닮은 붉은 검기가 먼저 관태랑의 몸을 집어삼켰다.

파파파팟! 찌이이익.

강류가 관태랑을 지나치며 옷 여기저기를 찢어발겼다. 피부 위로 혈선이 그어졌다. 그러나 관태랑은 검기는 무시하고 진검만 노려보았다.

슈각!

벼락처럼 뻗어 나가는 칼.

관태랑의 검은 기형검을 노리지 않았다.

푸욱. 쇄액.

혈마탄은 입을 쩍 벌리고 몸을 부르르 떨었다. 그의 가슴 한가운데에 섬마검의 칼이 박혔다. 그의 기형검은 아슬아슬한 차이로 섬마검의 머리카락만 베었다.

"이, 이런 말도 안 되는……."

혈마탄의 입에서 핏물이 왈칵 쏟아져 내렸다.

관태랑은 꽂았던 칼을 옆으로 휘둘렀다. 그러자 갈비뼈가 부러지는 소리가 나며 검이 혈마탄의 겨드랑이 아래로 빠져나왔다.

"끄아아악!"

혈마탄이 비명을 지르며 땅으로 허물어졌다. 그리고 관태랑은 피를 뒤집어쓴 채 다시 앞으로 걸었다.

"하아아, 하아아."

싸움을 시작한 지 얼마 되지도 않았는데 벌써 숨이 가빴다. 상대가 그만큼 고강하다는 반증이었다. 단전이 터져 버리고 혈도가 찢어질 듯한 고통은 차라리 우스웠다.

관태랑의 앞을 이번엔 태상장로인 혈우(血雨)가 막아섰다.

마풍단의 단주. 여든 살이 넘은 노마두(老魔頭).

그는 오십의 나이에 절정의 고수에 올라섰고, 십 년 전에 초절정에 들어섰다고 알려져 있었다.

그리고…… 그는 관태랑이 천마검 밑으로 들어가기 전에 관태랑을 매우 아꼈었다.

"쯧쯧, 미쳤구나. 그렇게 공력을 폭발시키면 네 몸이 버티지 못한다는 것을 모르는 것이냐? 한계야, 한계란 말이다."

관태랑은 목구멍으로 올라오는 핏물을 삼키고 차갑게 대꾸했다.

"혈우 태상장로님. 옛정을 생각해 말씀 드립니다. 제 앞을 막지 마십시오."

혈우는 관태랑을 보다가 나직한 한숨을 흘렸다.

"평소의 너라도 내 상대가 아니다. 그런데 그리 몸이 떨리는데 나를 이길 수 있다고 믿는 것이냐? 쯧쯧, 지금이라도 칼을 버려라. 내 교주께 말씀 드려 네 목숨만은 부지하게 해 주마. 소교주가 너를 원한다고 들었다. 그러니 분명 교주께서는 네게 기회를……."

"제 대답은 이겁니다."

관태랑은 땅을 박차고 혈우를 향해 달려들었다.

"와아아아!"

"뚫어라! 나아가자!"

천랑대가 지르는 고함은 사방에서 끊임없이 일었다.

제41장
마지막까지 함께하자

1

쇄애애액.

관태랑의 몸, 그의 칼은 여전히 빨랐다. 그러나 혈우 태상장로는 무심한 눈빛으로 손에 쥐고 있던 부채를 활짝 펼쳤다.

쩌엉.

칼과 부채가 부딪쳤는데 쇳소리가 터졌다. 그리고 혈우의 발이 보이지도 않는 속도로 움직였다.

콰직.

관태랑은 머리가 깨질 듯한 고통에 정신이 아득해졌다.

혈우의 발차기가 관자놀이에 부딪친 것이다.

관태랑의 신형이 옆으로 팽개쳐졌다. 그의 신형이 두 바퀴를 굴렀다.

천랑대나 마풍단 모두가 대단한 무인들이기에 비교적 넓은 거리를 유지하고 있음이 천만다행이었다.

파아앗!

부채가 날았다.

쓰러졌다가 일어서려는 관태랑을 향해서 짓쳐 들었다.

화살보다 더 빠른 속도다.

더 놀라운 것은 그리 빠름에도 불구하고 마치 나비처럼 이리저리 흔들린다는 점이었다.

슈캉!

관태랑은 시야가 가물거리는 와중에도 정확하게 부채를 쳐 냈다. 그러자 부채가 허공으로 날아가다가 방향을 급선회해 혈우의 손안으로 쏙 들어갔다.

혈우가 웃었다.

"후후후. 과연 섬마검이다. 그 상태에서도 호접쾌(胡蝶快)를 쳐 내다니. 이거야 원, 왠지 민망해지는군."

혈우의 입가에서 미소가 사라졌다. 그의 눈에서 살기가 흘러나오기 시작했다. 그는 서릿발 같은 음성으로 말을 이었다.

"아량을 베풀려 했는데 돌아오는 게 칼이라. 나는 내게 칼을 휘두르는 자를 살려 준 적이 없다."

관태랑은 피식 웃었다. 조소다.

"한 번 있잖습니까?"

"……."

"육 년 전, 우리 대주님에게 망신당한 것을 벌써 잊으셨습니까? 그때 태상장로님의 섭선이 박살났던 것을 저는 똑똑히 기억하고 있는데 말입니다."

관태랑의 도발에 혈우의 살기가 더욱 짙어졌다.

"섬마검, 가능하면 부상만 입히고 살려 주려 했는데 네 혀가 화를 부르는구나."

"오늘은 부채가 박살나는 것으로 끝나지 않습니다. 난 당신의 목숨을 취할 테니까."

관태랑은 다시 앞으로 뛰었다.

*　　　　　*　　　　　*

한창 싸움이 펼쳐지는 용락산 반대쪽 초원에 유랑민들이 있었다.

대부분 막사 안에서 잠을 자고 있는데, 한 꾀죄죄한 사내는 꺼져 가는 불씨 앞에서 꾸벅꾸벅 졸고 있었다.

그 사내는 침을 흘리며 졸다가 갑자기 눈을 떴다. 그의 귀가 쫑긋 섰다.

"……!"

사내의 눈동자가 파문을 일으켰다. 그는 천마검의 세작이었다.

내공까지 끌어 올린 그는 자신의 귀를 파고드는 뿔 고동 소리를 놓치지 않았다.

"맙소사!"

그는 자리에서 벌떡 일어났다. 그리고 급히 품속에서 손 화살과 몇 개의 폭죽통을 꺼냈다. 그의 손이 덜덜 떨렸다.

붉은색 심지를 가진 폭죽통을 그는 급하게 화살 끝에 장착했다. 그리고 심지를 불씨에 드리웠다.

푸슈슈슈슈.

심지가 맹렬한 불꽃을 일으키며 타들어 갔다. 사내는 곧바로 화살을 재우고 천공을 향해 겨눴다. 힘과 공력을 최대한 끌어 올린 그의 얼굴이 붉어졌다. 그의 팔 근육에 힘줄이 도드라지며 꿈틀거렸다.

티잉.

허공을 가르며 하늘로 작은 화살이 솟구쳤다. 그리고 이내 하늘 높은 곳에서 폭죽통이 터졌다.

퍼어엉!

붉은 불똥이 사방으로 비산했다. 떨어지는 화살을 따라 붉은 연기가 흘렀다.

그 신호는 북쪽으로 그리고 남쪽으로, 흩어져 있는 천마검의 세작들에 의해서 계속 이어졌다.

*   *   *

무림맹 사천 분타로 수많은 전서구가 날아 들어왔다. 그 많은 전서통에 담긴 내용은 하나였다.

붉은 연기를 내는 신호가 곳곳에서 발견되고 있었다. 그 신호는 용락산 주변에서 시작해 남과 북쪽으로 달렸다.

그 신호가 어디로 가는지 추측하는 건 어렵지 않았다. 북쪽은 청성산의 마교도, 남쪽은 천랑대와 흑랑대를 향한 것일 터였다.

무적검 한추광이 모용린을 보며 물었다.

"대체 지금 무슨 일이 벌어지고 있는 건가?"

모용린은 특유의 차가운 얼굴로 입술을 잘근잘근 깨물다가 말했다.

"적들에게 무슨 변고가 생긴 것이 분명합니다. 이건 남과 북에 있는 동료들에게 비상을 알리는 것이라고밖에 생각할 수 없어요."

한추광은 고개를 갸웃거리며 다시 물었다.

"내 생각도 그렇지만…… 그게 가능한가? 천마검이 통솔을 하는 부대인데 변고라니……. 어쩌면 이건 천마검의 속임수일 수도 있네."

그는 조심스럽게 의견을 개진하며 모용린을 보았다. 하지만 곤혹스러운 건 그녀도 마찬가지였다.

모용린은 잠시 침묵하며 생각을 정돈하고는 답했다.

"확실히 천마검이 파격적이긴 합니다. 그러나 아무리 생각해도 이런 속임수는 현 상황에서 별 의미가 없습니다."

"……."

"그제 밤 회의에서 제가 흑랑대로 인해 적 수뇌부가 분열될 가능성이 있다고 한 말을 기억하십니까? 아! 실상은 우리 사령관의 의견이지만 말입니다."

한추광의 눈동자가 흔들렸다.

긴장을 풀기 위해서 언급한, 막연한 희망 사항쯤으로 생각하고 넘겼던 대목이다.

천류영이 당문세가 앞에서 흑랑대를 고스란히 돌려보낸 이유는 적의 분열을 노린 것이라고 했다. 그럼 마교 소교주나 흑천련 수장들의 자존심과 천마검의 과도한 수하 사랑이 충돌할 수 있다고 말했었다.

"빙봉, 정말 그리 될 수 있다고 생각하나? 용의주도한 천마검이 상황을 그렇게 흐르게 방치할 것이라고는 믿기 힘들군."

"이건 사령관이 저에게만 말한 것인데, 천마검은 마교와 세상을 새롭게 바꾸겠다는 혁명적인 가치관을 가지고 있다고 했습니다. 그러니 천마검이나 그 주변 인사들은 이번 당문 사태의 진실을 계기로…… 마교의 구체제를 전복하려는 시도를 할 수 있다고 했습니다."

한추광의 눈꼬리가 올라갔다. 그는 잇새로 신음을 뱉고 대꾸했다.

"음……. 그렇다면 얘기는 달라지겠군. 하지만……."

"한 대협께서 무슨 생각을 하시는지 압니다. 소교주나 마불, 사혈강이 천마검을 상대로 도박을 할 것인지에 대해서는…… 저 역시 한 대협처럼 회의적인지라 그냥 가능성의 하나로만 생각했는데……."

모용린은 말꼬리를 흐리다가 눈을 빛내며 말을 이었다.

"그러나 음모로 인해 패웅호걸들이 사라지는 건, 무림에서는 비일비재하지 않습니까?"

"그렇긴 하지."

"저 역시 크게 기대한 건 아닙니다. 하지만 상황이 이렇게 흘러가는 것을 보니…… 사령관의 노림수가 들어맞은 듯합니다. 사령관은 정말이지…….”

모용린은 차마 말끝을 잇지 못했다.

한추광 역시 기가 막혔다. 이쯤 되면 천류영이 책사라기보다는 신통방통한 점쟁이가 아닌가, 라는 생각마저 들지경이었다.

하지만 이내 고개를 저었다.

천류영은 단순히 가능성만을 언급한 것이다. 작은 가능성을 염두에 두고 추론한 것이라고 봐야 옳았다.

만약 그가 상황이 이리 흐를 것이라 확신했다면 천마검을 유혹하기 위해 스스로 움직일 필요도 없었을 테니까.

그리고 더 나아가 그들의 내분을 이용해 적의 숨통을 끊을 계책을 꾸몄을 것이다.

즉, 천류영은 분열을 노리긴 했지만 그 성사 가능성은 그리 높지 않다고 판단한 것이다.

한추광은 뭔가를 쓰고 있는 모용린을 보며 물었다.

“우리는 어떻게 하는 것이 좋다고 생각하나?”

그녀는 글쓰기를 마치고 책상 위의 전서통에 쪽지를 돌돌 말아 넣었다.

“일단은 사령관에게 알려야지요.”

“그리고?”

모용린의 동작이 찰나 멈췄다. 그녀는 이내 쓴웃음을 지었다.

"솔직히…… 잘 모르겠습니다."

설사 적이 분열해 싸우고 있다고 하더라도 지금 사천 분타의 병력으로는 그들을 노릴 수 있는 형편이 아니었다.

또한 괜히 병력을 이끌고 갔다가 분열한 적이 눈앞의 정파인들을 상대하기 위해 다시 힘을 합친다면 최악의 상황이 될 터였다.

한추광은 고개를 주억거리며 말했다.

"이럴 땐…… 관망이 최선책인가?"

"예. 적어도 제 생각은 그렇습니다. 사령관은 어떤 생각을 가지고 있을지 모르겠지만. 하지만 아마 우리의 생각과 다르지 않을 겁니다."

잠시 후, 사천 분타에서 전서구가 천류영이 움직인 방향으로 솟구쳐 날아올랐다.

*   *   *

쩌엉!

"음."

"큭."

짧은 단말마가 터지고 다시 둘은 달라붙었다.

쨍쨍쨍, 째애애앵.

짧은 순간에 수십여 초의 충돌이 일었다. 초지명의 청룡극과 방야철의 박도는 그야말로 눈부신 속도로 움직이며 쉴 새 없이 변화했다.

이젠 보는 사람들이 녹초가 될 지경이었다. 하지만 두 고수의 대결에서 시선을 떼는 사람은 없었다.

이런 고수들의 생사투를 본다는 것은 단순한 눈요기가 아니라 대단한 기연을 얻는 것이나 진배없었다.

지금 사람들은 상대가 저렇게 들어오면 자신은 어떻게 대처할까? 그리고 상대가 저런 동작을 취하면 이런 식으로 치고 들어갈 수도 있다는 것을 꼼꼼히 복기하는 중이었다.

정파인들과 마도인들은 마치 자신이 싸우는 것 마냥 격한 숨을 토해 냈다.

그때 너무 집중하느라 목이 뻣뻣해진 파륵이 고개를 가볍게 젓다가 흠칫 몸을 떨었다.

북녘 하늘!

그곳에서 붉은 연기를 뿜어내며 떨어지는 무언가가 보였다.

"서, 설마?"

파륵은 자신의 눈을 의심하며 숨을 들이켰다. 그러자 몽추는 여전히 눈앞의 일기토에 집중하면서 물었다.

"왜 그래?"

"저, 저건 분명 비상을 뜻하는 신호인데……."

파륵의 말이 떨어지기 무섭게 마도인들의 시선이 움직였다. 처음엔 파륵에게 그리고 곧바로 파륵이 바라보는 허공 쪽으로.

"……!"

모두가 말문을 잃었다.

붉은 폭죽이 터졌다. 저것이 의미하는 건 비상 상황, 즉, 수장이 위험하다는 신호다.

몽추가 입을 쩍 벌렸다가 말했다.

"처, 천랑대주의 신변에 무슨 일이라도? 아직 무림서생과 마주칠 시간은 아닐 터인데."

그의 의문에 폭혈도가 외쳤다.

"그럴 리가 없다. 그럴 리가!"

폭혈도는 불끈 쥔 주먹을 부르르 떨었다. 몽추의 말대로 아직 대주님은 무림서생을 만났을 가능성이 없었다.

그렇다면? 불길한 생각이 뇌리를 스쳤다.

"소교주 따위가 어떤 흉계를 꾸미더라도 우리 대주님께서 당하실 일은……."

그는 말을 잇지 못했다. 말도 안 된다고 윽박질렀다. 그러나 그의 흉중에 이미 불안한 먹구름이 잔뜩 몰려온 상태였다.

귀혼창이 푸석한 목소리로 말했다.

"돌아가야 한다. 가능한 빨리!"

마창 송화운이 끼어들었다.

"뭔가 실수로 잘못된 신호를 쐈을지도 모릅니다."

그 순간 폭혈도가 마창의 멱살을 움켜쥐었다.

"실수가 아니라면? 만에 하나 우리 대주님에게 무슨 일이 생겼다면?"

마창은 숨이 막혀 제 손으로 폭혈도의 손을 밀어내려 애썼다. 그러나 폭혈도의 우악스런 손은 꼼짝도 하지 않았다.

"죄, 죄송합니다. 저, 저는 단지……."

귀혼창이 폭혈도의 손을 잡아 풀고는 말했다.

"이럴 시간도 없어!"

폭혈도가 고개를 끄덕이며 시선을 앞으로 던졌다. 그리고 내공을 가득 담아 소리를 질렀다.

"어흐흐엉!"

허공이 쩌렁거리는 사자후가 터졌다.

그에 초지명과 방야철이 오만상을 찌푸리며 급히 뒤로

물러났다.

방야철은 격해진 호흡을 가다듬으며 초지명에게 말했다.

"대체 이게 무슨 짓인가? 자네의 수하들은 예의도 모르는가?"

초지명은 난감한 낯빛으로 고개를 돌렸다. 폭혈도와 귀혼창 그리고 몽추, 파륵이 자신을 향해 달려 나왔다.

그에 놀란 정파인들 쪽에선 당철현과 독고무영, 원풍백호 부단주 그리고 신검룡 나한민이 뛰어왔다.

초지명은 불쾌한 기색으로 말을 하려다가 달려오는 이들의 기색이 심상치 않은 것을 간파했다. 그의 시선이 자연스럽게 폭혈도와 귀혼창이 손가락으로 가리키는 허공을 향했다.

"……!"

초지명의 눈동자가 풍랑을 맞은 듯 거칠게 흔들렸다. 그의 입에서 절로 신음 소리가 흘렀다.

낭왕 방야철도 북쪽 하늘에서 떨어져 내리는 붉은 연기를 보고는 무슨 사정이 있음을 깨달았다.

방야철이 물었다.

"무슨 일인가? 우리의 대결에 끼어들 만큼 중한 일인가?"

초지명은 방야철을 향해 정중히 포권을 취했다.

"이 대결 다음으로 미뤄 주십시오."

"……."

방야철은 딱히 대꾸할 말을 찾지 못했다.

지금껏 싸워 온 흑랑대주가 갑자기 겁을 먹었다?

말도 안 된다. 자신처럼 흑랑대주도 희열에 차 있음을 느끼고 있었다. 그건 충돌할 때마다 본능적으로 알 수 있는 것이다.

청성파의 신검룡 나한민이 버럭 소리를 질렀다.

"그럴 수 없다. 여기서 끝장을 내고 만다!"

청성인들은 천랑대에게 원한이 가득했다. 그러자 폭혈도가 말했다.

"정말 끝장을 내고 싶다면 말리진 않는다. 하나 각오해야 할 거다. 우린 지금 아주 급하니까."

그런 폭혈도의 소매를 귀혼창이 가볍게 흔들고는 고개를 저었다. 굳이 지금 정파인들의 심기를 불편하게 만들지 말라는 의미였다.

나한민이 코웃음을 쳤다.

"흥! 무슨 사정인지는 몰라도 상관없다. 급한 건 너희들이지 우리가 아니니까."

초지명이 낭왕에게 말했다.

"보내 주시오. 그러지 않으면 당신들은 궁지에 몰린 호랑이들과 대결해야 할 테니까."

방야철은 한숨을 삼키고 이제는 자신의 옆에 다가온 동료들을 보았다.

독수 당철현이 말했다.

"이런 결정은 아무래도 일기토의 주인공인 낭왕과 신중한 독고가주가 하는 게 좋겠군."

나한민은 이를 악물었다.

당장 싸우자고 주장하고 싶었다. 그러나…… 이곳의 주도권은 청성에 있는 것이 아님을 그도 잘 알고 있었다. 또한 전면전이 일어나면 불리하다는 것을 모르지 않았다.

자신들의 복수를 위해 이곳에 있는 많은 정파인들을 죽음으로 몰아갈 수는 없는 법이었다.

그리고 빙봉 우군사으로부터 받은 마지막 전서구는, 점창을 구할 확률이 없으면 싸우지 말고 바로 회군하라는 것이었다.

울분이 치밀었지만 그는 어금니를 깨물며 화를 삭였다. 그는 힘없는 설움을 처절하게 느끼는 중이었다.

독고무영은 마도인들의 얼굴에 어려 있는 초조함을 읽었다. 뭔가 급박한 사태가 터졌음이다.

충돌이 일면 저들은 가진바 모든 힘을 총동원해 단기

승부를 내려 할 것이다. 그렇다면 고수들의 양과 질이 떨어지고 아직 충분한 휴식을 갖지 못한 자신들의 피해가 훨씬 클 것은 불 보듯 빤했다.

원래 자신들이 할 일은 점창파를 지원하는 것이다. 그러나 그 임무는 실패로 이미 종료됐다.

독고무영은 더 이상 쓸데없는 피를 원하지 않았다.

천류영이 피할 수 있는 희생은 피해야 한다고 말했던 것처럼.

낭왕이 고심하는 표정의 독고무영을 보며 말했다.

"독고가주님의 선택이라면 믿고 따르겠습니다."

독고무영은 눈으로 고맙다는 표정을 짓고는 초지명에게 물었다.

"하나만 묻겠소."

"말하시오."

"당신들이 지금 가려는 이유가 무림서생이나 사천 분타를 노리는 것은 아닌지 솔직하게 말해 주시오."

그의 질문에 당철현과 방야철은 미소를 짓고 고개를 끄덕였다.

적절한 질문이었다.

초지명이 대답하기도 전에 폭혈도가 급한 성질을 못 이기고 먼저 말했다.

"그깟 무림서생이나 사천 분타 따위에는 관심도 없소!"

초지명이 쓴 미소를 짓고 말을 받았다.

"대 천마신교의 흑랑대주로서 맹세하오. 만약 우리가 판단을 잘못한 것이라고 하더라도…… 적어도 오늘은, 아니, 며칠간은 정파인들을 건드리지 않을 것임. 그러니 부디 이대로 보내 주시오."

독고무영의 눈에 이채가 스쳤다. 지금 마교의 두 장수가 한 말의 의미는 실로 컸다. 머릿속에서 그제 밤의 회의가 떠올랐다.

'내부 분열이다! 지금 천마검에게 무슨 일이 벌어지고 있음이야.'

그는 고개를 주억거리며 한숨을 돌렸다. 다행이라는 생각이 들었다. 자신의 눈이 정확하다고는 할 수 없지만, 낭왕의 힘이 조금씩 흑랑대주에게 밀리고 있다는 느낌을 가졌던 것이다.

물론 그렇다고 승부를 섣부르게 장담할 수는 없는 것이지만 적어도 지금 마도인들의 성질을 돋우는 짓은 어리석은 것이라 판단됐다.

또한 천마검에게 무슨 일이 생겼다면 천류영은 안전할 것이라는 뜻이기도 했다.

"천마검에게 위험이 닥쳤나 보군."

그의 말에 폭혈도가 발끈했다. 그가 욕이라도 한마디 뱉으려는 순간에 독고무영이 먼저 말을 이었다.

"가시오! 가서 그대들의 사령관을 구하시오."

폭혈도의 눈이 휘둥그레졌다. 그뿐만 아니라 초지명이나 귀혼창 등의 장수들 그리고 마도인들의 눈동자가 흔들렸다.

초지명이 입술을 꾹 깨물며 독고가주를 응시하다가 이내 포권을 취했다.

"배려에 감사드리오, 독고가주님."

폭혈도는 내키지 않는 표정이었지만 고개를 살짝 숙였다.

"독고가주, 이번 부탁을 들어준 은혜는 잊지 않겠소."

독고무영은 속으로 미소 지었다.

언젠가 다시 전장에서 붙게 될지 모르는 괴물들이다. 그런 이들에게 빚 하나를 지워 주는 건 결코 손해나는 일이 아니기에.

그런 독고무영을 당철현과 방야철은 새삼 다른 눈빛으로 보았다. 나한민도 뭔가를 느낀 표정으로 고개를 주억거렸다.

2

초지명을 비롯한 마도인들은 말을 타고 북쪽으로 달렸다. 방야철은 빠르게 멀어지는 그들을 한참 바라보다가 곁의 독고무영에게 말했다.

"흑랑대주는 대단한 자였습니다. 패왕의 별 후보에도 이름을 올리고 있는 무적검이 왜 패배했는지 알 수 있었습니다."

독고무영이 빙그레 웃었다. 패왕의 별 후보로 거론되는 인물엔 낭왕도 있기 때문이었다.

비록 그가 무림맹에 입성하면서부터 명성에 빛이 바랜 건 사실이다. 그러나 이곳에 있는 모든 이들은 낭왕이 예전처럼 다시 뜨거운 활동을 개시할 것이라 생각하고 있었다.

"한 대협은 그 싸움으로 인해 한 단계 더 높은 곳으로 올라갔습니다. 그리고 그 대단한 흑랑대주와 용호상박의 싸움을 한 낭왕 대협 또한 만만치 않았습니다. 오늘 제가 안목을 넓히는 기연을 얻었습니다."

방야철은 엷은 한숨을 흘리고 침묵하다가 곧 고개를 저었다.

"흑랑대주는 무적검과의 일전에서 입은 부상에서 완전히 벗어나지 못한 상태였습니다. 또한 눈 하나를 잃어 필연적으로 생기는 사각지대에 완벽하게 적응할 시간도 없었을 겁니다. 그런데도 저는, 부끄럽지만 그를 상대로 한 순간도 제대로 된 우위를 점하지 못했습니다."

독고무영은 가볍게 손사래를 쳤다.

"그렇게 따지면 낭왕께서는 이틀 전 사황궁의 궁주에게 당한 가슴의 상처가 아직 깊은 것으로 알고 있습니다. 그리고 제가 미욱해서인지는 몰라도, 흑랑대주가 낭왕 대협을 상대로 진짜 우위를 점한 순간은 보지 못했습니다."

방야철은 자신을 위로하고 격려하는 독고무영을 바로 보며 미소 지었다.

"가주님께서는 좋은 분이십니다. 천 공자가 독고세가에 의탁한 것이 참으로 다행입니다."

그 말에 독고무영이 한숨을 쉬었다.

"글쎄요."

"……?"

"저 역시 행운이라 생각했습니다. 그런데 계속해서 천 공자의 능력을 보면서 문득 이런 생각이 들더군요. 본가가 과연 천 공자를 담을 수 있을 것인지. 본가가 천 공자를 지켜 줄 수 있을 것인지."

그 말에 방야철이 묵묵히 고개를 끄덕였다.

자신이 생각해도 천류영의 대단함은 상상 이상이었다.

그가 없었다면?

사천 무림은 이미 저들의 수중에 떨어졌을 것이고 정파 무림은 비상사태에 돌입했을 것이다.

문제는 과한 재능은 세상으로부터 시기를 불러오기 쉽다는 것이다. 아마 천마검에게 모종의 변고가 생긴 것도 같은 맥락일 것이리라.

침묵하고 있던 당철현이 묘한 미소를 지으며 입을 열었다.

"독고가주."

"예, 독수 어르신."

"자네의 말에 나 역시 동감하네. 천 공자의 그릇은 결코 한 문파가 담을 수 없을 정도로 크다는 생각이야. 그는 군신의 재능이 있어. 몇 명이 붙어서 치고받고 싸우는 강호의 소소한 다툼이 아니라 거대한 전쟁을 승리로 이끌수 있는 놀라운 힘이지."

"……."

"내가 보기엔 마교나 흑천련이 이번엔 물러나더라도 분명 다시 올 거야. 그들은 선봉에 불과했으니까. 이건……왠지 거대한 전쟁의 서막에 불과하다는 느낌이 들어. 그때를 대비해서라도 우린 천 공자를 지켜 줄 필요가 있어. 단지 우리만을 위해서가 아니라 천하 무림을 위해서도 말이지."

독고무영이 묵묵히 고개를 주억거리자 당철현이 미소를 지으며 말을 이었다.

"아! 오해하지 말게. 자네 가문을 무시하는 건 아니야. 그만큼 천 공자의 능력이 출중하다는 뜻이지. 이번에 우리 모두는 마교와 흑천련의 힘이 얼마나 가공스러운지 뼈저리게 느꼈네. 그래서 더더욱 천 공자를 보호해야 한다는 말일세."

독고무영은 어깨를 으쓱하며 답했다.

"예, 그렇지요."

청성파의 청우 율사가 눈을 번뜩였다. 당철현이 무슨 의도로 이런 말을 꺼냈는지 짐작이 간 것이다.

그가 입을 열었다.

"확실히 천 공자의 재능은 놀랍습니다. 하지만 그렇기에 그를 노리는 사람들이 많을 겁니다. 좋은 의미든, 나쁜 의미든 말이지요."

당철현과 청우 율사의 눈이 마주쳤다. 둘은 모호한 미소를 머금었다.

당철현이 독고무영을 향해 말했다.

"그래서 말이네. 천 공자를 자네 가문과 우리 사천 무림의 주역들이 함께 지켜 주는 건 어떻겠나?"

청우 율사가 맞장구를 쳤다.

"좋은 의견이십니다."

지켜보는 방야철은 속으로 고소를 삼켰다. 정중하게 말을 하고는 있지만 실상은 천류영을 공유하자는 요구였다.

기실 이건 무례한 짓이었다.

듣기로는 천류영 스스로 독고세가에 의탁했다. 그런데 당사자의 의견도 묻지 않고 그의 진로를 결정해 버리는 건 말이 안 된다.

그러나 방야철은 끼어들지 않고 침묵했다. 왜냐하면 자신도 천류영과 계속 인연의 끈을 놓지 않고 지내기를 간절하게 바라기 때문이었다.

물론 개인적인 만남은 지속할 수 있을 것이다. 그러나 독고세가가 그런 만남에 난색을 표하면, 아무래도 껄끄러울 것은 당연지사였다.

모두의 시선이 독고무영에게 쏠렸다.

독고무영은 묘한 미소를 머금었다. 왜냐하면 지금 이 사람들이 원하는 것이 바로 자신의 뜻과 일치하기 때문이었다.

천류영과 함께한 시간들은 결코 길지 않았다. 그러나 지대한 관심을 가지고 살피면 많은 것을 알게 된다.

독고무영은 천류영의 성향이 개혁적이라는 것을 알았

다. 그리고 흉중에 똬리를 틀고 있는 그의 야망도 짐작됐다.

그러니 천류영은 결국 무림맹에 진출하게 될 터였다.

그래야 그의 꿈과 야망을 제대로 펼칠 수 있으니까.

천류영은 결코 한 문파에 콕 박혀서 무공만 익히거나 책에 파묻혀 세월을 보낼, 천상 무인이나 고루한 학자가 아니었다.

그렇다면 천류영은 무림맹에서 그의 개혁에 반대하는 이들과 충돌하게 될 공산이 높았다.

음모귀계가 판치는 무림.

이 무림에서 독고세가만으로 천류영을 지켜 주는 건 사실상 불가능하다고 해도 과언이 아니었다. 그러나 자신들뿐만 아니라 당문세가와 청성파가, 그리고 곤륜과 낭왕이 천류영을 지지해 준다면?

독고세가가 짊어져야 할 책임이 한결 가벼워질 것이고 천류영은 더더욱 든든한 배경을 갖게 될 것이리라.

상부상조(相扶相助)였다.

만에 하나 남궁수가 사문을 움직여 남궁세가까지 천류영을 도와줄 수 있다면 금상첨화일 것이다.

독고무영.

그는 신중하면서도 과감함을 동시에 갖춘 현명한 사람

이었다. 동시에 한 무가의 수장으로서 당연히 야망도 가지고 있었다.

야망 없이 오로지 협의지심만으로 사천 무림을 돕기 위해 길을 나섰다는 건 거짓말이다.

핏덩이 같은, 아끼는 제자들이 많이 죽을 터임에도 사천행을 결정한 이유는 협의지심과 더불어 무인으로서, 그리고 무가의 수장으로서 야망이 있기 때문이다.

그는 천류영이 높은 곳까지 비상하기를 바랐다. 그리고 그와 함께 자신의 사문도 도약하기를 바라 마지않았다.

지금 이곳에 있는 사람들은 설레는 꿈을 동시에 꾸고 있었다.

천류영과 긴밀한 관계를 유지한다면, 그리 머지않은 시기에 있을 마교와 흑천련의 본격적인 중원 침공에서 큰 공을 세울 수 있다는 확신이 그들에게 있었다.

독고무영이 미소를 지은 채 말했다.

"이건 제가 아니라 천 공자가 결정할 일입니다."

사람들의 눈에 실망이 스쳤다. 그러나 이어지는 말에 모두 반색했다.

"그러나 저는 여러분과 생각이 같습니다. 그리고 천 공자 역시 우리의 선택을 반길 것이라 믿습니다."

　　　　　*　　　　　*　　　　　*

　콰직.

　"컥!"

　관태랑은 입으로 피분수를 뿌리며 뒤로 나동그라졌다가 다시 벌떡 일어났다. 그리고 이를 악물었다가 침을 뱉었다. 침보다 피가 더 많이 튀어나왔다.

　마풍단의 단주, 혈우는 고개를 절레절레 저었다.

　"후후후, 이것 참. 그런 몸 상태로 계속 일어날 수 있다는 것이 믿겨지지 않는군. 확실히 네 녀석은 아까운 인재야."

　관태랑은 초조했다.

　동료들이 그리고 수하들이 눈에 띄게 줄어들고 있었다. 이런 식으로는 대주님을 구할 수가 없었다.

　그 순간 그의 귓속으로 한 여인의 비명이 파고들었다.

　수많은 고함과 비명 그리고 쇳소리가 난무하는 전장임에도 불구하고 그녀의 목소리는 또렷하게 들렸다.

　"아아아악!"

　수라마녀다.

　뒤에서 소교주와 몽혈비 장로 그리고 마불과 사혈강을 홀로 감당하던 그녀였다.

혈우는 잠깐 시선을 전장의 후위로 던졌다가 웃었다.

"후후후, 방금 비명을 지른 계집은 천랑대 삼조장이지? 지금껏 버텼다는 것이 대단해. 물론 너도 그렇고 말이지."

관태랑은 다시 혈우를 향해 뛰었다.

곧 뒤가 허물어질 것이다. 찰나의 시간이라도 아껴야 한다.

최대한 빨리 이 빌어먹을, 만년한철보다 더 단단한 마풍단의 벽을 깨뜨려야 한다.

혈우는 피투성이인 채 달려오는 관태랑을 보며 기가 질린 표정을 지었다. 절로 혀가 차졌다.

섬마검은 정상인 상태였더라도 쓰러졌어야 했다. 그런데 지금 놈의 몸속은 엉망진창일 것이다.

달려오는 섬마검의 신형은 발작이라도 일어난 것처럼 거센 경련을 일으키고 있었고 걸음마저도 바르지 못하고 삐뚤빼뚤했다. 방금 가슴에 가격당한 장력의 영향 탓이리라.

정말이지 아직까지 살아 있다는 것이, 아니, 검을 들고 있다는 것이 신기할 지경이었다.

"휴우우, 섬마검, 네가 이렇게까지 어리석고 독종인 줄은 몰랐다."

차아악.

그의 손에 쥐여 있는 부채가 다시 쫙 펴졌다. 관태랑이 땅을 박차고 혈우의 품속으로 돌진했다.

혈우의 눈에서 살기가 뭉클 솟아났다.

"잘 가라, 섬마검."

촤르르르.

섭선이 관태랑의 심장을 향해 득달같이 달려들었다. 그 순간 관태랑은 검을 휘두르지 않고 허공에서 몸을 비틀었다. 그건 지금껏 보여 준 적 없는 놀라운 속도의 회전이었다.

파아악!

혈우의 부채가 관태랑의 가슴이 아니라 등에 박혔다.

"헉! 미친!"

혈우의 입에서 자신도 모르게 탄식 어린 기겁성이 터졌다.

잊고 말았다.

섬마검 이 미친놈은 지금 동귀어진의 수법을 펼치고 있다는 것을. 가장 최근 몇 번의 충돌 때, 점점 더 약해지는 섬마검을 보며 방심해 버린 것이다.

혈우는 급히 땅을 박차고 몸을 뒤로 빼내려 했다. 그러나 관태랑은 허공에서 검을 휘둘렀다. 이번에도 역시 섬마검이 보여 준 가장 빠른 검술이었다.

관태랑은 지금껏 일부러 전력을 다하지 않은 것이다. 그랬다면 경계하는 혈우를 상대로 단숨에 끝장낼 수 없을 것이기에.

슈각!

혈우가 뒤로 이동하려고 몸을 띄운 순간 그의 목이 깊게 베어졌다. 피가 콸콸 쏟아졌다.

"끄으으윽."

제대로 비명조차 지르지 못한 혈우가 뒤로 나동그라지며 자신의 양손으로 제 목을 움켜쥐었다.

핏! 핏!

쏟아지는 핏물 속에서 한 줄기의 피가 허공으로 두 차례 뻗다가 잦아들었다. 그리고 쓰러진 혈우의 신형 위로 관태랑의 몸이 떨어졌다.

콰직.

검의 손잡이 끝이 혈우의 이마에 내리꽂혔다. 두개골이 부서지는 소리가 섬뜩하게 허공을 울렸다.

"하아아, 하아아."

관태랑은 비틀거리면서 일어났다. 고통이 너무 심하다 보니 머릿속이 빙글빙글 돌았다. 시야가 가물가물해졌다.

마침내 앞에 아무도 없었다.

용락산으로 들어가는 오솔길이 코앞이었다. 설마하니

마풍단주인 혈우가 쓰러질 것이라고는 적들도 예상 못한 것이다.

"선지운! 이곳으로 와라!"

선지운은 뒤가 무너지는 것을 보며 어쩔 줄 몰라 발을 동동 구르고 있었다. 빠져나가야 할 틈이 전혀 보이지 않았다.

그 순간 관태랑이 빽 소리를 질렀다.

천만다행히도 그는 관태랑의 뒤쪽에서 그리 멀지 않은 곳에 있었다.

"예!"

선지운은 힘껏 발을 놀렸다. 그리고 그 곁에서 선지운을 아니, 정확히 말하면 천마검을 지키려는 천랑대원 두 명도 함께 뛰었다.

관태랑은 좌우에서 달려드는 이들이 없는지 확인했다. 그리고 안도의 한숨을 내쉬었다.

이것이 마지막 기회일 것이라 생각한 천랑대원들은 악착같이 마풍단원들을 잡고 늘어졌다. 죽어 가면서도 상대의 몸에 칼을 쑤셔 넣으려고 버둥거렸다.

관태랑의 눈이 시큰해졌다.

함께 밥 먹고, 술 마셨던 수하이자 같은 꿈을 좇던 동료들이었다. 그들이 지금 목숨을 버려 가며, 관태랑이 만든 하나의 길을 지키기 위해 애를 쓰고 있었다.

관태랑은 지척까지 다가온 선지운을 보고 앞장섰다.

"나를 따라서……."

관태랑은 말을 잇지 못했다. 입에서 탄식을 흘렸다. 앞으로 내디디려는 발도 멈췄다. 그건 선지운과 그를 따라온 천랑대원들도 마찬가지였다.

마치 바람처럼 나타나 앞을 가로막은 인물. 그가 입을 열었다.

"본좌를 잊었나?"

풍성한 백발에 팽팽한 피부. 기광이 쏟아져 나오는 눈에 사자코를 가진 사람.

천마신교의 교주 뇌황이었다. 그는 한숨을 쉬며 고개를 천천히 흔들었다.

"그렇게 오랜 세월 함께했는데도 천랑대가…… 이 정도인 줄은 몰랐군. 천마검을 지키기 위해 잠재력까지 끌어낸 건가?"

관태랑은 쏟아지려는 눈물을 참았다.

아직이다. 아직 울 자격이 없다.

한심했다. 마교주 뇌황이 시야에서 사라졌다고 해서 그가 없다고 여기다니.

아니, 간절히 바란 것일 터다.

교주가 없기를.

당연히 승리할 것이라 생각하고 근처 어딘가로 물러나 쉬고 있기를 바라는 얼토당토않은 꿈을 꾼 것이었다.

교주는 승부가 확실한 싸움에서는 종종 그랬으니까.

뇌황은 옆구리에 차고 있던 검을 뽑아 들면서 말을 이었다.

"혈우 태상장로가 굳이 나까지 끼어들지 말라고, 마풍단의 체면을 지켜 달라고 그렇게 신신당부하더니……. 어이없군. 크크큭. 이건 정말 어처구니가 없어서 말문이 막힐 지경이야."

절망이 몰려들었다.

뇌황은 철저한 승부사였다. 혈우처럼 약한 자를 가지고 놀다가 죽이는 인물이 아니라 단숨에 상대의 숨통을 끊는 것을 좋아하는 자였다.

관태랑은 천천히 숨을 들이켰다.

그리고 뒤에 있을 선지운에게 말했다.

"내가 교주를 공격하는 순간 뛰어라. 절대 뒤돌아보지 말고."

선지운 옆에 있던 두 천랑대원들이 관태랑 옆에 섰다.

"함께하지요, 부대주님."

"까짓 한 번 해봅시다."

서로가 마주 보며 웃었다. 그들도 잘 알고 있었다.

교주를 상대로 자신들이 이기는 것은 낙타가 바늘 구멍으로 들어가는 것보다 더한 기적이라는 것을.

그러나 때로는 무모해도 돌진해야 하는 것이 무인이었다. 그게 사내라는 족속이었다.

선지운은 어깨를 축 늘어뜨린 채 헛웃음을 흘렸다.

설사 이들이 희생당하는 사이에 자신이 마교주의 옆으로 빠져나갈 수 있다고 하더라도 그의 추격을 피할 수 있을까?

가능성은 전무 했다.

그러나 선지운은 아픈 웃음을 깨물었다.

왜냐하면 지금 이곳에서 죽어 가고 있는 천랑대원들도 꼭 천마검이 살아남을 것이라는 확신을 가지고 죽어 가고 있는 것이 아님을 알기 때문이었다.

그들도 상황이 최악이라는 것을 알고 있었다. 성공할 확률이 희박하다는 것을 모를 리 만무했다.

그러나 이건 해야 하는 일이었다. 확률 따위는 개에게나 줘 버리라지.

선지운은 눈을 빛내며 말했다.

"저 역시 최선을 다하겠습니다."

관태랑이 싱긋 웃었다.

"좋아!"

그 순간 선지운이 몸을 부르르 떨었다. 자신의 등에 업혀 있던 천마검이 몸을 움직인 것이다.

선지운은 설마 하는 표정으로 고개를 돌렸다. 그러자 안대를 풀고 있는 천마검이 눈에 들어왔다.

믿기지 않지만 그가 스스로 마혈을 풀어 버린 것이다.

백운회는 주변을 천천히 훑으며 슬픈 표정을 지었다. 그리고 선지운의 등에서 내렸다.

백운회는 깊은 한숨을 내뱉고 얼굴을 찌푸리는 뇌황을 향해 말했다.

"교주, 넌 내 손으로 죽여 주지."

3

백운회의 차가운 음성에 관태랑과 나란히 서 있는 두 천랑대원들이 놀라 고개를 돌렸다. 관태랑이 아연한 기색으로 외쳤다.

"대주님!"

백운회가 괴로운 미소를 깨물며 말했다.

"너희들을 보내고 나만 남으면 심심할 것 같아서 말이지. 황천길 함께 가 보자고."

"……."

"우선 교주와 마풍단부터 정리하자고. 아! 소교주와 마불 그리고 사혈강을 빼놓으면 그들이 섭섭해하겠지?"

말하는 내용은 부드럽고 여유로웠다. 그러나 그것을 곁에서 지켜보는 선지운은 자신도 모르게 눈물이 왈칵 쏟아졌다.

백운회는 분명 미소 짓고 있었다.

그건 선지운이 본 가장 슬픈 미소였다.

비탄과 아픔이 한도 끝도 없이 녹아 있는, 소리 없는 절규였으며 가슴을 찢는 듯한 한(恨)이었다.

관태랑도 그런 것을 느꼈는지 부르르 떨다가 한 방울 이슬을 떨어트렸다.

이제 대주님을 막을 수 없음이었다. 천마검은 싸울 때까지 싸우다가 독으로 인해 죽는 것을 선택한 것이다.

백운회는 근방에 떨어진 검을 하나 주워들었다. 그리고는 손가락으로 검신을 한 차례 튕겼다.

띠잉.

맑고 투명한 소리가 흘러나왔다.

"나쁘지 않군."

역시나 담담하게 말했지만 여전히 그의 목소리는 감히 측량할 수 없는 깊은 슬픔이 담겨 있었다.

그때 근처에서 싸우고 있던 초로의 마풍단원이 몸을 날려 와 창을 뻗었다.

쐐애액.

모두가 고수들만 모여 있는 마풍단의 단원다웠다.

쾌속하고 날카로웠다.

창끝은 정확히 백운회의 얼굴 가운데를 향해 짓쳐 들었다. 그런데도 백운회는 무덤덤한 얼굴로 방금 주워 든 검을 이리저리 살폈다.

그에 초조한 선지운이 소리를 질렀다.

"대주님! 어서 피해야……."

창끝은 어느새 백운회의 얼굴 지척까지 다가들었다. 그 순간 백운회가 들고 있는 검이 슬쩍 움직이며 창대를 가볍게 두들겼다.

찌잉.

가벼운 소리가 일며 창의 방향이 틀어졌다. 창끝은 백운회의 얼굴 옆으로 지나갔다. 그렇게 지나가는 창대를 백운회의 손이 잡아챘다.

쑤욱.

백운회는 창대를 잡아끌어 계속 앞으로 흐르게 만들었다. 그러자 창을 잡고 있던 마풍단원이 당황하며 코앞까지 끌려오듯 다가왔다.

콰직.

백운회의 검파가 그의 얼굴을 찍었다.

"컥!"

비명과 함께 그가 풀썩 주저앉았다. 그의 목을 은빛 검이 베고 지나갔다.

백운회는 그가 떨어트린 창을 왼손으로 주워 어딘가를 향해 던졌다. 천랑대원을 몰아붙이던 마풍단원이 그 창에 가슴을 관통 당하고는 풀썩 쓰러졌다.

백운회는 멈추지 않고 근처에 떨어져 있는 도를 하나 집어 들어 다시 던졌다.

"끄아아악!"

다시 마풍단원 한 명이 천랑대원의 목을 베려다가 비명을 지르며 고꾸라졌다.

뇌황이 이 모습에 격노해 앞으로 달려왔다. 그도 먼저 관태랑과 천랑대원을 제거하려 함이었다.

백운회가 발을 툭 쳤다. 그러자 그의 발끝에 걸린 돌멩이 하나가 뇌황을 향해 벼락처럼 쏘아졌다.

뇌황이 눈살을 찌푸리며 멈춰서 검을 내질렀다.

퍼어엉.

돌멩이가 산산이 부셔지며 폭음이 일었다. 백운회는 그런 뇌황을 향해 다가가며 말했다.

"너는 내가 죽인다고 했다."

"천마검! 내 손으로 널 찢어 주마!"

뇌황이 으르렁거렸다. 그의 검이 '웅웅!' 거리며 울음을 토했다. 검신에 그의 내력이 가득 주입되는 것이다.

뇌황, 그는 자신이 있었다.

왜냐하면 천마검은 비수에 의해 가슴을 관통 당했을 뿐만 아니라 중독된 상태였다. 놈은 태연한 척하지만 핼쑥해진 안색이 상태가 좋지 않음을 보여 주고 있었다.

백운회는 관태랑을 지나치다가 잠시 멈춰 그의 곁에 있는 두 천랑대원들에게 말했다.

"마이숙, 경곡. 이제 나를 지킬 필요는 없다. 동료를 도와라."

마이숙과 경곡은 입술을 깨물었다. 자신들이 그렇게 지키려 애썼던 대주께서 죽음으로 나아가는 것을 알고 있기에 가슴이 먹먹해졌다.

공력을 쓸수록, 힘을 쓸수록 독은 더 빠르게 몸 깊숙이 퍼질 것이었다.

자신들이 더 강했더라면…… 대주님은 마혈을 풀려고 하지 않고 독을 몰아내는 것에만 집중할 수 있었을 터인데.

죄송해서 절로 고개가 밑으로 떨어졌다. 백운회가 그들

을 보며 질책했다.

"자책할 시간에 싸워라. 한 명의 동료라도 더 구하라!"

"존명!"

둘은 동시에 외쳤다. 사실 마이숙과 경곡은 지금까지 대주님을 호위하느라 싸우지 못했다.

그건 차라리 형벌이었다. 사방에서 동료가 쓰러지고 죽어 가는데 아무것도 하지 못한다는 건.

둘은 날랜 범처럼 싸움 속으로 뛰어들었다.

백운회는 한숨만 쉬고 있는 관태랑을 보며 입술을 우물거리다가 끝내 말하지 않고 앞으로 움직였다.

백운회가 본 관태랑은 죽어 가고 있었다. 그리고 자신도 곧 그렇게 될 터였다.

관태랑이 고개를 들어 백운회의 등을 향해 말했다.

"대주님."

백운회가 멈췄다.

"왜?"

"최대한 빨리 끝내십시오."

백운회의 입가에 미소가 번졌다.

"왜?"

"독이 너무 퍼지기 전에 교주를 제압할 수 있다면……
대주님을 빼낼 것입니다."

백운회의 미소가 슬프게 변했다. 관태랑은 아직도 포기하지 않았다.

"교주만 깨부수면 너희들은? 이 많은 적들과 싸우는 멋진 경험을 너희들만 하겠다고?"

"……."

"마혈 점할 생각은 꿈도 꾸지 마. 두 번 당할 정도로 내가 멍청하진 않다고."

"대주님."

"네 마음을 그리고 천랑대의 과분한 마음은 이미 받았어. 나는…… 그거로 충분하다. 관태랑, 마지막까지 함께 하자."

"대주님, 저는……."

"관태랑, 네가 얼마나 미운지 아나? 네 덕분에 나는 지옥을 다녀왔어."

"……."

"눈이 가려져 아무것도 보이지 않는데…… 그런데…… 비명을 지르는 내 새끼들의 절규가 내 가슴을 갈기갈기 찢었다. 볼 수 없어서 더욱 고통스러웠다."

관태랑의 신형이 벼락을 맞은 듯 부르르 떨렸다.

"죄송합니다."

"다음에 이런 일이 생긴다면 차라리 내 심장을 찔러.

네가 그런다면 무슨 이유가 있을 테니까 웃으면서 죽어
줄게."

관태랑이 무릎을 꿇었다.

"죄송합니다."

"네가 맞다. 그런데 내가 너였더라도 같은 선택을 했었
을 것 같아. 널 살리기 위해서라면……. 그래서 널 정말
미워할 수가 없구나."

관태랑은 눈물을 쏟아 내며 고개를 숙였다.

"죄송…… 합니다. 제 잘못입니다. 제가…… 제가 조
금 더 주의를 기울였더라면…… 제가 조금 더…… 흑흑."

"울지 마라. 힘이 조금이라도 남았다면 우리 새끼들 좀
도와주라고. 다 끝내고…… 같이 편하게 쉬자. 폭혈도와
귀혼창이 올 때까지 한 번 버텨 보자고. 술 한잔 나누면
서."

관태랑은 눈물을 훔치고 일어섰다. 그리고 백운회의 등
을 향해 허리를 깊게 숙였다.

"명을 받들겠습니다."

관태랑은 비틀거리면서 다시 전투 속으로 들어가기 위
해 발을 내디뎠다. 그런 관태랑을 선지운이 막아섰다.

"부대주님, 한계를 한참 넘었습니다. 움직여서는 안 됩
니다."

"나는 괜찮아."

"싸우기도 전에 죽는다고요."

관태랑은 고개를 저으며 대꾸했다.

"아직은 죽지 않아."

"……."

"대주님께서 명하셨다. 폭혈도와 귀혼창이 올 때까지 버티라고. 그때까지 술동무도 해 드려야 하거든."

"……!"

"마지막 명이셔. 그러니 난 지킬 것이고."

"부대주님."

관태랑은 슬픈 미소를 깨물며 선지운의 어깨를 툭툭 쳤다. 선지운이 '하아.' 한숨을 토해 내고는 웃었다.

"그럼 함께 갑시다."

"네 칼솜씨로는……."

"저도 그때까지는 살겠습니다."

관태랑이 피식 웃고는 고개를 끄덕였다.

"그러지."

한편 뇌황은 천마검을 뚫어지게 노려보았다. 서로 눈을 맞춘 채 천마검은 관태랑과 대화를 나누었다.

그게 뇌황의 노염을 들끓게 했다. 감히 자신을 앞에 두고 등 뒤의 관태랑과 대화를 하다니! 그럼에도 뇌황은 천마검을 향해 달려들지 못했다.

너무나 많은 허점이 보였기 때문이었다.

그건 마치 어서 들어오라고 유혹하는 것 같아서 왠지 꺼려졌다.

백운회가 관태랑과의 대화를 마치고는 여전히 뇌황을 쏘아보면서 피식 웃었다.

"교주는 늘 그게 문제요."

"……?"

"의심이 너무 많아. 그래서야 진심 어린 충복이나 벗을 사귈 수 없지. 그리고 지금처럼 기회도 놓치고 말이지."

뇌황이 차갑게 대꾸했다.

"그 의심이 지금의 나를 만들었다. 대 천마신교의 교주가 될 수 있었고, 지금 이 자리에서 승자로 결국 남게 만들 것이다. 나는 너를 늘 주시하고 있었어. 언젠가 네놈이 배신할 줄 알고 있었거든. 그래서 이번에도 폐관수련 중이라고 속이고 네놈을 따라온 거지."

"후후후. 가끔 수련한답시고 전장에 나오지 않았던 때에도 이랬었나?"

"그래."

"연기력과 의심. 이게 당신이었군."

뇌황의 눈이 가늘어졌다. 눈꼬리가 잔 경련을 일으켰

다. 방금까지 숱하게 많이 보이던 허점이 삽시간에 사라진 것이다. 단, 하나도 남김없이!

백운회는 앞으로 발을 내디디며 말했다.

"방금 관태랑과 대화를 나눌 때 공격했어야 했어. 너무 슬프고 괴로워서 나도 모르게 느슨해졌었거든."

"……!"

"그 의심으로 당신은 날 이길 수 있었던 마지막 순간을 잃어버린 거야."

"건방진 놈! 본좌는 대 천마신교의 교주야!"

뇌황이 발을 쑥 내밀었다. 그러자 그의 신형이 갑자기 사라졌다. 아니, 너무 빨라서 사라진 것처럼 보인 것이다.

절정의 이형환위(移形換位)였다.

찰나 사라졌던 뇌황은 백운회의 코앞에서 검을 내리그었다.

쩌엉!

백운회는 뇌황의 검을 쳐 내며 말했다.

"먼저 지옥에 가 있으라고. 곧 뒤따라가 영원히 괴롭혀줄 테니까."

뇌황이 다시 칼을 휘두르며 응수했다.

"지옥에 갈 건 내가 아니라 너다! 천마검!"

둘 주변으로 거대한 폭풍이 일어나 사방으로 흩어졌다.

*　　　　　*　　　　　*

흙먼지를 일으키며 달리는 일단의 무리들.

그 선두에는 백마를 탄 천류영이 있었다. 그는 말고삐를 잡아채 멈추고는 외쳤다.

"잠시 휴식!"

그 명에 뒤에서 경공을 쓰며 달리던 이들이 땀을 훔치고 호흡을 갈무리했다.

독고설은 멈추지 않고 계속 뛰어서 천류영에게 다가와 말했다.

"아직 쉴 시간이 아니잖아요?"

질문을 던진 독고설은 말을 타고 달린 천류영의 바로 옆에서, 전혀 뒤처지지 않고 뛰었던 풍운을 보고는 질린 표정을 지었다.

풍운은 땀 한 방울도 흘리지 않은 얼굴이었다.

묘한 패배감에 독고설은 입술을 깨물며 옆구리의 수통을 꺼내 물을 들이켰다.

천류영은 그녀가 물을 다 마시기를 기다렸다가 질문에 답했다.

"풍운이 저 앞에서 달려오는 사람들이 있다고 해서요.

뭐, 기다리면서 겸사겸사 쉬기로 했습니다."

"예?"

독고설은 의아한 얼굴로 전면을 뚫어지게 보았다. 처음엔 아무것도 보이지 않았지만 잠시 집중하니 지평선에서 점들이 포착됐다. 낮은 구릉들이 이어지는 풍경 위로 점들이 사라졌다 나타나기를 반복했다.

그건 풍운의 말처럼 사람이었다.

팽우종이 다가와 말했다.

"풍운 소협은 경공술뿐만 아니라 시력도 장난이 아니군요."

풍운은 어깨를 으쓱거리며 멋쩍은 표정을 지었다.

그렇게 숨을 돌리며 기다린 지 일각쯤 지났을까?

이제 다가오는 이들이 누구인지 알 수 있었다.

현무단주 능운비와 그가 이끄는 수하들이었다.

어느새 천류영 주변으로 모두 모인 사람들은 그들을 보고 어리둥절해졌다. 저들은 모처에 매복하고 있다가 모용린으로부터 전서구를 받으면 자신들을 돕기 위해 나서는 임무를 맡고 있었다.

그런데 저들이 이리 오고 있으니 황당할 수밖에 없었다.

장득무가 머리를 긁적거리며 불안한 기색으로 말했다.

"설마하니 천마검이 우리를 노리는 것이 아니라 사천 분타를 공격하고 있는 건 아니겠지요?"

그의 말에 화가연이 화들짝 놀라 대꾸했다.

"사, 사형. 정말 그런 걸까요?"

당남우나 당혜미나 심각한 표정을 지었다. 그러자 남궁수가 고개를 저으며 답했다.

"그건 아니지. 그들은 어쨌든 사천 땅에서 물러날 수밖에 없는 처지야. 그런데 사천 분타를 지금 공격해서 뭐하게?"

조전후는 심각한 표정을 짓고 있다가 언제 그랬냐는 듯이 씩 웃었다.

"크허허허. 내가 하려던 말을 남궁 공자가 대신 해 주는군. 장 소협은 생각이 너무 단순해."

장득무는 탐탁지 않은 시선으로 조전후를 보다가 물었다.

"그럼 왜 현무 단주께서 이리 오는 걸까요?"

이번엔 팽우종이 굳은 얼굴로 질문을 받았다.

"음…… 상황의 변화가 있다는 뜻이겠지."

장득무는 답답하다는 듯이 가슴을 쳐 댔다.

"그러니까 그 상황의 변화라는 게 뭐냐는 거잖습니까?"

독고설이 붉은 입술을 잘근잘근 깨물다가 눈을 빛냈다.

"그제 회의에서 나온 말처럼…… 혹시 마교 내부에 무슨 분란이 생긴 것 아닐까요?"

그 말에 장득무와 조전후가 동시에 웃음을 터트렸다. 조전후가 웃음을 마치고 말을 꺼내기 전에 장득무가 먼저 말했다.

"말도 안 됩니다. 그놈들이 우리를 코앞에 두고 왜 자중지란에 빠지겠습니까? 그 말은 빙봉 누님이 불안감을 덜어 주기 위해 한 말입니다."

선수를 뺏긴 조전후가 입맛을 다셨다.

남궁수는 독고설의 의견에 미간을 좁히며 고개를 끄덕였다.

"저는 독고 소저의 의견이 그럴듯하게 느껴지는군요. 마교도들이 분열했다면 현무 단주께서 저리 허겁지겁 달려오는 것이 이해가 됩니다."

장득무는 솔직히 그러기를 간절히 원했다. 정말 그렇다면 자신은 그 무시무시하다는 천마검을 상대하지 않아도 되는 것이니까.

"쳇, 그건 그저 우리의 바람일 뿐이지요. 손 안 대고 코를 푸는 거니까. 하지만 상대가 천마검이잖습니까?"

장득무의 말에 대부분의 사람들이 고개를 끄덕였다. 조전후는 이번에도 역시 선수를 빼앗긴 것이 아쉽다는 표정을 드러내며 입맛을 다셨다.

독고설은 겸연쩍은 낯빛으로 말했다.

"아니, 저는 그저 사령관이 그럴 가능성도 있다고 한 말이 떠올라서……."

그녀가 채 말을 끝마치기도 전에 조전후의 눈에 기광이 스쳤다. 그는 천류영의 말이라면 무조건 믿는 광신도니까. 빙봉도 회의석상에서 가능성을 언급했는데 천류영도 아가씨에게 그리 말했다면?

"나 역시 아가씨의 의견에 동의합니다. 마교가 분열할 가능성이 있어요. 암, 그렇고말고. 지금 장 소협의 의견은 너무 단편적이야. 열린 사고로 모든 가능성을 타진해 봐야 하는 거네."

장득무는 억울하다는 표정을 지었다. 그러나 독고설의 의견이 천류영에게서 나왔다고 하니 쉽게 반박을 하지 못했다. 그래도 조심스럽게 눈치를 살피며 천류영에게 물었다.

"마교 소교주나 마불 등이 정말로 천마검에게 반기를 들 수 있다고 생각하십니까?"

천류영이 뭔가 생각에 골몰한 모습으로 침묵하자 남궁수가 대신 대꾸했다.

"가능성이 희박하지만 없는 건 아니지. 사령관이 놓아

준 흑랑대가 진실을 말했다면 그들은 궁지에 몰렸을 테니까. 권력자들은 자신들의 약점을 다른 누군가가 쥐고 있는 것을 아주 싫어하거든."

장득무가 반박했다.

"압니다. 하지만 문제는…… 그들이 천마검을 어찌할 수 있냐는 점이지요?"

팽우종이 고개를 끄덕였다.

"나는 장 소협의 의견에 동감해. 그들이 힘을 합쳐도 천마검을 상대하기 어려울 거야. 심계나 무공이나 상대가 안 된다는 것이 내 생각이야. 또한 천랑대는 마교 최강의 부대라고."

팽우종은 천마검을 비롯한 적 수뇌부를 모두 직접 보았다. 그리고 그의 판단으로는 소교주, 마불, 사혈강은 결코 천마검을 당해 낼 수 없었다.

소교주, 마불, 사혈강이 늑대라면 천마검은 호랑이었다. 그것도 날개 달린 호랑이 말이다.

그때 모두가 기다리던 천류영이 입을 열었다.

"한 가지 변수가 개입하면 가능합니다."

모두의 시선이 천류영에게 모아졌다.

독고설은 이미 전날 새벽에 천류영에게 많은 얘기를 들은 터라 의문의 갈증을 참지 못하고 급하게 물었다.

"그 변수가 뭐죠?"

"소교주, 마불, 사혈강. 그 셋으로 하여금 천마검과 천랑대를 제압할 수 있다고 믿게 만들 수 있는 변수가 새롭게 등장한다면…… 음모를 꾸밀 여건이 조성되지요."

대부분 사람들이 고개를 갸웃거리는 가운데 남궁수의 눈동자가 흔들렸다. 한 가지 가정이 섬전처럼 그의 머릿속에서 떠올랐다.

남궁수는 침을 꼴깍 삼키고는 말했다.

"설마…… 마교주를 말하는 건가? 폐관수련 중이라던 그가 이곳에 나타날 수도 있다는 건가?"

남궁수의 말에 모두의 눈이 휘둥그레졌다.

팽우종은 자신도 모르게 손뼉을 쳤다. 그리고 고개를 끄덕이는 천류영과 굳은 표정의 남궁수를 번갈아 보며 '아아!' 하는 탄성을 뱉었다.

그렇다.

마교의 교주, 뇌황이 있다면!

묘한 정적이 사람들을 휘어 감았다.

천류영은 다시 침묵했다. 그러다가 현무단주가 당도할 때 입을 열었다.

"아무래도 용락산으로 가야겠습니다."

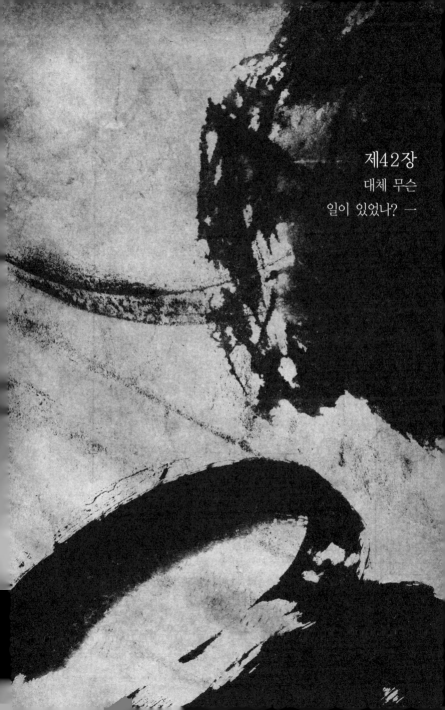

제42장
대체 무슨
일이 있었나? 一

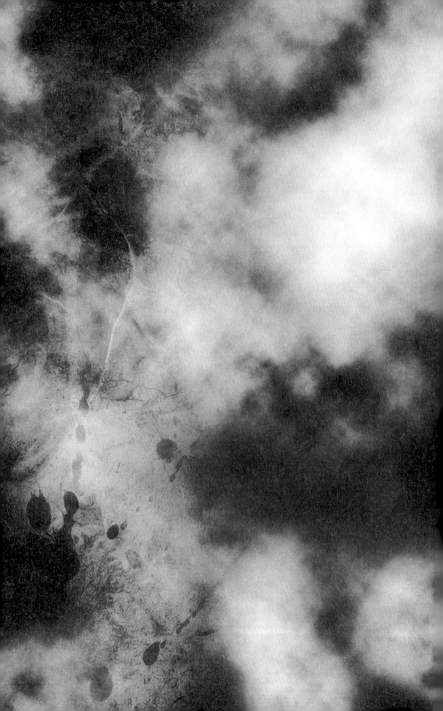

1

용락산으로 가야겠다는 천류영의 말.

그건 주변에 있는 모든 이들을 단숨에 얼어붙게 만들기 충분했다.

기실 후기지수들이나 상비군은 마교주가 등장했을 가능성이 천류영과 남궁수에 의해서 언급되자 경악하면서도 환호성을 지르고 싶었다.

장득무의 말처럼 손 안 대고 코를 풀게 된 것이니까. 자신들이 죽음을 무릅쓰고 천마검과 일전을 할 필요가 없어진 것이니까.

마교도들은 이제 그들끼리 치고받고 싸우다가 알아서 퇴각하게 될 것이리라.

그런 기쁨이 천류영의 한 마디에 싹 달아나 버렸다.

막 당도한 능운비조차 눈을 동그랗게 뜨고는 멍하니 천류영을 보았다.

그러나 그는 자신이 잘못 들었다고 생각하며 입을 열었다.

"사령관, 빙봉 우군사로부터 전서구를 받아서 급히 달려왔네."

그는 붉은 연기를 내는 폭죽에 대한 이야기를 늘어놓았다. 더불어 일단 작전을 중지하고 사천 분타로 회군해, 정황을 살피는 것이 좋겠다는 빙봉의 의견을 전했다.

능운비는 말을 하면서도 천류영과 주변 사람들의 표정을 살폈다.

입술을 꾹 깨문 채 고집스러운 얼굴의 천류영. 그리고 고개를 갸웃거리며 천류영을 주시하는 사람들.

능운비는 검지로 자신의 귀를 살짝 후비고는 의문을 제기했다.

"혹시 내가 이곳에 도착할 때 들은 말이……."

능운비의 보고를 다 들은 천류영이 비장한 어조로 그의 말허리를 끊었다.

"역시 용락산으로 가야겠습니다."

독고설이 천류영을 불안한 눈빛으로 바라보는 가운데 조전후가 이해할 수 없다는 표정으로 물었다.

"왜? 왜 우리가 용락산으로 가야 한다는 거요, 사령관?"

팽우종이 고개를 갸웃거리며 가세했다.

"사령관이 지금 뭔가 착각을 한 것 같소. 설사 적들이 분열했다고 하더라도 지금 우리의 전력으로 그들에게 가는 건 매우 위험하오. 용락산에는 사령관이 고심 끝에 준비했다는 함정이 없소!"

그는 말을 하면서 그 함정의 실체가 무엇인지 다시 궁금해졌다. 극비라기에 물을 수 없었지만 이제는 알려 줘도 되지 않을까, 라는 생각이 든 것이다.

솔직히 지금까지 보여 준 천류영의 모습이 있어 그를 믿고 따라온 것이다. 천류영이라면 분명 대단한 한 수를 숨기고 있을 것이라는 믿음.

하지만 모두의 가슴 깊은 곳에는 여전히 짙은 불안감이 팽배했다.

당최 어떤 함정이기에 고작 이러한 전력으로 천마검과 천랑대를 상대로 천류영은 승리를 장담한 것일까?

만약 천류영이 불안한 모습을 보였다면…… 어쩌면 자

신들은 이 길을 따라나서지 않았을 것이리라.

남궁수도 입을 열었다.

"사령관, 만약 우리에게 낭왕과 백호단이 있다면……
나 역시 자중지란에 빠졌을 적을 노려볼 만하다고 생각하
오. 하지만 지금 우리의 전력은 그렇지 않소. 그러니 우군
사의 의견을 따라 일단 사천 분타로 돌아갑시다. 그리고
척후병이나 세작들을 이용해 상황을 살피는 게 상책이
오."

천류영은 반대하는 주변 사람들을 훑으며 급히 대꾸했
다.

"그럼…… 너무 늦어 버릴지도 모릅니다."

초조함이 느껴지는 그의 말에 사람들이 눈을 껌뻑거렸
다.

이건 또 무슨 말인가? 팽우종이 물었다.

"대체 뭐가 늦는다는 거요?"

"천마검이 죽을 수도……."

순간 독고설은 천류영 앞으로 나오며 그의 발을 자신의
발로 슬쩍 밟으며 지나쳤다. 동시에 전음으로 천류영의
말을 끊었다.

[미쳤어요? 그 말은 하면 안 돼요!]

그녀는 전날 새벽의 대화로 천류영의 마음을 짐작하고

있었다.

운명은 그와 천마검의 사이를 뒤틀어 버렸다. 하지만 천류영은 천마검을 두려워하면서도 좋아하고 있다는 것을 그녀는 간파하고 있었다.

천류영은 말했었다. 적이 분열될 시, 천마검이 걱정된다고!

천류영이 함정을 파고 천마검과 싸우려는 건, 죽고 죽이기 위한 것이 아니다. 실상은 상대를 얻기 위한 싸움이었다.

그러나 이런 천류영의 속내가 사람들에게 알려지면 안 된다.

정파인들은 결코 천류영을 용납하지 않을 것이다. 그걸 천류영도 알기에 사람들에게 함정에 대해 자세히 언급하지 않은 것이다.

독고설은 태연하게 근처의 풍운에게 이동해서는 괜히 큰 소리로 물었다.

"풍운, 천마검을 상대하겠다고 어제 내내 벼르더니 그럴 필요가 없어졌네. 아쉽겠어?"

풍운은 묘한 괴리감을 느꼈다. 하지만 어깨를 으쓱하며 일단 독고설의 질문에 맞장구를 쳤다.

"그러게요. 천마검과 꼭 칼을 마주 대 보고 싶었는데."

그러나 독고설의 이런 노력은 헛수고였다. 사람들의 이목은 천류영에게 고정되어 움직이지 않았다.

눈치 빠른 일부 사람들의 미간이 좁혀졌다.

설마하니 자신들의 사령관인 무림서생이 천마검을 걱정하고 있는 것인가? 혹시 천마검을 돕자고 하는 건가?

만약 그렇다면 대체 왜?

천류영은 자신을 바라보는 의혹의 눈초리 속에서 흘러나오려는 한숨을 삼켰다.

천마검을 향한 개인적 감정이 앞선 나머지 큰 실수를 해 버렸다. 아무리 초조해도 이리 많은 이들 앞에서 뱉을 말이 아니었다.

중원 무림을 침공한 마교의 대마두를 구하겠다는 정파인은 무림공적으로 몰리기 십상이었다.

그는 어금니를 지그시 악물었다.

말실수를 했다거나 그냥 얼버무리며 천마검을 포기하는 것이 현명한 처사다. 빙봉 우군사의 제안을 받아들이는 것이 최선이라고 지금 선언해야 했다.

그런데…… 그걸 알면서도 천류영은 그러고 싶지 않았다.

그에겐 아직 정파나 사파 혹은 마도란 것이 크게 자리하고 있지 않았다. 그저 그들끼리의 땅따먹기에 불과하다는 생각이 여전히 강했다.

정확히 말한다면 자신은 어쩌다 보니 자신을 살리기 위해 죽어 갔던 곤륜인이나 아미파 비구니의 부상자들로 인해서 정파인이 되어 버린 것에 불과했다.

죽었어야 할 자신을 대신한, 그들의 희생을 헛된 것으로 만들 수는 없었기에.

그런 천류영에게 가장 중요한 가치는 사람이었다.

그리고 천마검은 지켜 줄 가치가 있는 사람이었다. 만약 자신이 정파 무림인으로서 걸어갈 개혁이 꺾인다면 차라리 천마검의 혁명이 세상에 유익하다는 것이 천류영의 솔직하고 대범한 생각이었다.

독고설의 전음이 다시 천류영에게 들이닥쳤다.

[제발 천마검은 포기하세요. 그는 적이에요. 그것도 정파인들이 끔찍하게 싫어하는 마교의 장수! 그를 포기하지 않으면 저뿐만 아니라 그 누구라도 사령관을 보호해 줄 수 없어요.]

천류영은 여전히 굳게 입술을 닫아걸었다. 그의 고집스러운 눈빛을 보며 독고설은 절망스러워졌다.

그렇다.

오랜 세월을 곁에서 지켜보지는 않았지만 이 사람은 이런 사람이라는 것을 알기엔 충분했다. 결코 자신의 이득이나 출세를 위해 소신을 꺾지 않는 사람.

그래서 이 사람이 좋았다. 그리고…… 그래서 이 상황이 한없이 고통스러웠다.

상비군 중 야다운이란 장년인이 천류영의 시시각각 요동치는 표정을 뚫어지게 보며 입을 열었다.

"저…… 사령관님. 혹시 천마검을 구하려고 용락산에 가야 한다는 겁니까?"

야다운의 질문에 독고설이 과장스럽게 웃음을 터트리며 천류영 대신 답했다.

"호호호. 그게 무슨 말입니까? 우리가 왜 천마검을 도와주겠습니까? 그는 우리의 적입니다."

야다운이 뒤통수를 긁적거리며 대꾸했다.

"예, 그렇지요. 그런데 방금 사령관께서 하신 말씀이 왠지 그렇게 들려서 말입니다."

그의 말에 상비군의 많은 이들이 고개를 끄덕였다. 능운비와 그를 따라온 무인들도 마찬가지였다.

그리고 후기지수들은 왜 천류영이 침묵을 고수하는지 이해할 수 없다는 낯빛이었다.

모두가 동요하며 술렁이고 있었다.

그에 독고설은 입안의 침이 마르는 듯했다.

천류영 역시 호흡이 가빠졌다.

그도 잘 알고 있었다.

정파 무림인에게 마교가 어떤 의미인지.

천류영은 주먹을 움켜쥐었다. 독고설이 다시 크게 웃었다.

"호호호. 뭔가 착각을……."

그녀의 말을 천류영이 끊었다.

"잘못 들은 것이 아닙니다. 착각도 아닙니다."

침묵을 깬 천류영의 말에 독고설의 입가가 파르르 떨렸다.

그녀는 눈을 감았다. 전신의 기운이 모조리 사지를 통해 빠져나가는 듯했다. 울음이 터질 것 같았다.

이 사람.

아무리 이번 사천의 싸움에서 최고의 영웅이라고 해도 이젠 지킬 수 없다.

하지만 이렇게 천류영을 포기할 수는 없기에 그녀는 곧바로 눈을 떴다. 그리고 대체 왜 그런 농담을 하냐고 일부러 윽박지르려고 하는데 천류영의 말이 이어졌다.

"용락산으로 갑니다. 그리고 늦지 않았다면…… 천마검을 돕습니다."

독고설은 이를 악물었다. 이젠 시위를 떠난 화살이었다. 극히 짧은 순간에 한 가지 생각만이 그녀의 머릿속을

채웠다.

천류영을 데리고 세상 끝까지 도망치리라. 결코 이 사람을 자신보다 먼저 죽게 하는 일은 없으리라.

무인으로서의 야망, 사문의 영광.

천류영을 만나기 전까지 그녀를 지탱해 오던 것들은 이제 머릿속에서 자취도 없이 사라졌다.

그녀는 풀을 뜯어먹기 위해 멀찍이 떨어져 있는 백마와의 거리를 계산했다. 그리고 풍운을 보았다.

풍운이라면 협조해 줄 것이다. 자신이 천류영을 데리고 도망칠 때까지 막아 줄 수 있을 것이다.

한편 천류영의 말에 사람들의 표정이 급변했다.

황당함, 어이없음 그리고…… 분노.

야다운이 한 차례 몸을 떨고는 정색하고 말했다.

"지금 사령관께서는…… 무슨 말을 하고 계신지 알고 계신 겁니까?"

천류영은 야다운을 마주 보며 담담하게 대꾸했다.

"예, 물론입니다."

"그, 그런……. 어찌 우리의 사령관께서 그런 위험한 생각을……."

"우리가 용락산으로 가야 할, 그리고 상황이 맞아떨어진다면 천마검을 도와야 하는 세 가지 이유가 있습니다."

독고설은 자신도 모르게 침을 삼켰다. 그녀의 눈동자가 화등잔만 해졌다.

천류영의 눈동자가 투명할 정도로 맑게 빛났다. 목소리는 평소보다 더 낭랑했다.

그런 천류영의 모습에 독고설은 자신의 심장이 거세게 쿵쾅거리는 것을 느꼈다. 등줄기로 전율이 관통했다.

화가연이 눈을 동그랗게 뜬 채 물었다.

"세 가지 이유요?"

천류영이 고개를 끄덕이고 전체를 훑었다.

이젠 설득의 시간이었다.

"첫째, 적들이 분열을 일으킨 배후에 정말 마교주가 있는지 파악하는 것은 매우 중요한 일입니다. 마교주가 정말 개입했다면……."

그는 잠깐 말을 멈추고 심호흡을 한 뒤 계속했다.

"우리는 적 전체를 흔들 수 있는 치명적인 약점을 하나 쥐게 됩니다. 마교주가 사천 점령의 사령관으로 보낸 천마검의 뒤통수를 쳤다는 약점을 말입니다."

"……!"

"그리고 그 소문을 마교주가 십만대산으로 돌아가기 전에 내는 겁니다. 표국이나 상단을 이용해 십만대산 근처의 표국, 상단에 이 소식을 알리면 간단합니다."

적지 않은 사람들의 눈에 이채가 스쳤다.

일리가 있는 말이었다. 소문을 들은 마교나 흑천련의 사람들은 마교주가 정말 폐관수련을 하고 있는지 확인하려 할 것이다.

그리고 마교주가 자리에 없다면?

마교 내부와 흑천련 전체가 분열될 것이다! 평지풍파가 일어날 것이다!

화가연은 역시 사령관이라는, 감탄과 존경이 듬뿍 묻어나는 눈빛으로 말했다.

"그, 그러네요. 하지만 그건 세작이나 척후병을 보내 알아봐도 되지 않나요?"

그녀의 의문에 사람들이 동의의 표정을 지었다. 굳이 자신들이 모두 몰려갈 필요가 있을까?

"세작이나 척후병이 발각되어 당할 수도 있지요. 물론 솜씨 좋은 이들을 많이 동원할 수도 있겠지만…… 두 번째 이유로 우리 모두가 가는 것이 옳습니다."

"두 번째 이유가 뭔데요?"

"둘째, 만약 그들의 싸움이 양패구상이라면, 그래서 양쪽 다 치명적인 피해를 입었다면…… 우리의 전력만으로도 큰 공을 세울 수 있습니다. 혹시 압니까? 마교주와 천마검을 둘 다 잡을 수 있을지."

사람들은 자신도 모르게 혀로 입술을 축였다. 욕망이 침샘을 자극했다. 그래서 연신 제 입술을 빨았다.

천류영은 그 욕망을 계속 자극했다.

"세작이나 척후병을 보내고 기다리다가 이 엄청난 공적을 세울 기회를 놓친다면 천추의 한이 되지 않겠습니까?"

고개를 끄덕이는 인원이 점점 많아졌다. 자고로 칼밥을 먹고 사는 정파 무림인들 중에서 마교주와 천마검을 잡는 공을 마다할 자들이 얼마나 있을까?

그럼에도 여전히 적지 않은 사람들의 표정엔 망설임이 남아 있었다. 아무리 큰 유혹이 있더라도 위험한 일이기에.

장득무가 조심스러운 어조로 끼어들었다.

"사령관님, 우리가 용락산에 갔을 때 싸움이 한창이면요?"

천류영의 낭랑한 목소리가 이어졌다.

"셋째, 한창 교전 중이라면, 십중팔구, 배신을 당한 천마검이 어려운 지경에 처했을 가능성이 높습니다. 천마검은 수하들을 매우 아끼는 인물이라는 것을 여러분들도 아실 겁니다."

팽우종이 고개를 끄덕이며, 천류영의 의견에 힘을 실어 주기 위해 말했다.

"내가 청성산에서 직접 본 그는 소문처럼 그런 인물로 보였소. 아니, 그런 인물이 확실하오."

천류영은 그런 팽우종을 향해 미소 지으며 대꾸했다.

"예. 저 역시 천마검을 전장에서 한 번 보았지요. 바로 코앞에서 말입니다. 여기 있는 독고 소저와 함께."

독고설은 홀린 듯 천류영을 보고 있다가 화들짝 놀라 정신을 차렸다. 그리고 멋쩍은 미소를 지으며 어깨를 으쓱거리며 생각했다.

세 가지 이유, 급조한 것 치고는 너무 완벽하지 않은가!

'진짜 괴물.'

그녀가 속으로 진저리를 치는 가운데 천류영의 말이 이어졌다.

"당시 천마검은 수하들을 구하기 위해 함께 출진한 천랑대 보다 먼저, 홀로 달려왔습니다. 그런 천마검이니 수하를 구하기 위해서라도 우리에게 투항할 공산이 높습니다."

장득무가 침을 삼키고 다시 물었다.

"우리를 보고 그들이 일시적으로 휴전하고 힘을 합쳐 공격할 수도 있지 않을까요?"

천류영이 고개를 저었다.

"그래서 천마검의 인간 됨됨이를 언급한 겁니다. 그는

결코 자신의 등에 비수를 꽂은 자들에게 협조할 자가 아닙니다. 분명 우리와 손을 잡을 겁니다. 그리 된다면 우리는 마교주를 생포하거나 죽일 수 있을지도 모르지요."

거의 대부분의 사람들의 눈에 묘한 열기가 흘렀다. 이제는 분위기가 꼭 가야만 하는 것으로 변했다.

천류영은 사람들을 보며 언성을 높였다.

"우린 궁지에 몰린 천마검을 돕는 조건으로 마교주를 처리하고 더 나아가 천마검과 평화 조약을 맺을 수도 있을 겁니다. 향후 수십 년간은 마교가 중원을 넘보지 않는다는 조약을 말이죠."

그렇게만 된다면 이곳의 정파인들은 어마어마한 공을 세운 주역들로 칭송받게 되리라.

당남우가 혀를 내두르며 고개를 끄덕이다가 물었다.

"사령관 형님, 아니, 사령관님. 천마검이 이기고 있거나 이겼을 가능성은 없다고 생각하세요?"

천류영이 단호하게 대꾸했다.

"천마검이 스스로 이길 수 있다고 생각했다면, 폭죽을 쓰지 않았겠지."

경청하던 능운비도 상기된 얼굴로 입을 열었다.

"사령관, 그렇게만 된다면 더할 나위 없을 것이오. 다만 천마검을 배신한 세력이…… 그러니까 마교주나 소교주 그리고 마불 등이 천마검을 이미 제압한 상태라면?"

천류영은 속으로 심호흡했다.

모든 이들의 가슴속에 남아 있는 불안감을 완전히 지워야 하는 마지막 관문이었다.

2

"천마검과 천랑대가 그리 맥없이 무너질 것이라고 생각하십니까?"

천류영의 반문에 질문을 던진 능운비가 어깨를 으쓱거렸다.

천마검과 겨뤄 봐서 안다. 그가 얼마나 몸서리 처질 만큼 강한지. 생각해 보면 자신이 과연 천마검과 겨뤘다고 할 수 있는지도 의문이었다. 그냥…… 당해 버린 것이지.

"그렇군, 맞아. 동감하네."

그러나 끝까지 불안해하는 사람들은 있기 마련이다.

야다운이 다시 입을 열었다.

"사령관님, 하나만 더 질문해도 되겠습니까?"

천류영은 시간이 흘러가는 것이 초조했지만 담담한 미소로 답했다.

"하십시오."

"능운비 단주님의 우려도 일리가 있습니다. 천마검을 배신한 사람들, 그러니까 마교주나 그런 사람들도 상당히 준비했을 겁니다. 음...... 그러니까 제가 드리고 싶은 질문은......"

"마교주가 상당한 인원을 끌고 왔을 가능성 말입니까?"

"예. 그, 그렇지요. 천마검을 단숨에 제압하기 위해서요."

"마교주는 지금 자신이 십만대산에 없다는 것을 외부인에게 들키면 안 됩니다. 그러니 소수의 최정예만 끌고 왔을 겁니다."

"아! 그렇겠군요. 음...... 그래도 저들은 기습을 할 터이니 갑자기 당한 천마검이 허망하게 당할 수도 있지 않습니까?"

천류영은 고개를 끄덕였다.

"예, 그럴 수도 있지요."

"그렇다면 싸움을 생각보다 쉽게 끝낸 마교주가 우리를 공격하면......"

남궁수가 그의 말을 끊고 대신 답했다. 무척이나 짜증스러운 목소리로. 왜냐하면 지금까지 천류영이 말한 것만으로도 용락산에 갈 이유가 충분했기 때문이었다.

무인으로서 큰 공을 바라면서 완벽한 안전까지 담보 받

고 싶어 하는 탐욕이 남궁수는 마뜩치 않았다.

점창을 지원하러 간 동료 정파인들은 지금 목숨을 걸고 싸우고 있을지도 모르는 상황이 아닌가.

"그런 일은 일어나지 않는다. 마교주는 누군가가 근처에 오는 것을 보면 제일 먼저 몸을 숨겨야 하니까."

반면 천류영은 성의껏 말을 받았다. 누구라도 목숨은 소중한 것이기에. 자신이 저 사람 입장이라도 그런 질문을 던졌을 것이라 생각했다.

"마교주가 승리로 싸움을 끝낸 상황이라면 용락산으로 숨어들어 빠르게 빠져나갈 겁니다."

"아! 맞습니다. 그렇군요. 죄송합니다."

야다운이 고개를 숙이며 질문에 차분히 답해 준 천류영에게 감사의 미소를 지었다. 독고설이 천류영 앞으로 나서서 외쳤다.

"자자, 들었죠? 그러니 이제 용락산으로! 다시 왔던 길을 돌아갑시다. 서둘러 전열을 갖추세요."

사람들이 움직였다. 그들의 눈에는 큰 공을 세울 수도 있다는 욕망이 번들거렸다. 능운비는 급히 사령관의 작전 변경을 전서구로 띄우기 위해 준비했다.

천류영도 다시 백마를 타기 위해 걷자 풍운이 먼저 이동해 백마를 끌었다.

독고설은 주변을 훑고는 천류영의 옆으로 따라붙어 속삭였다.

"사령관은 나중에 바람피우다 걸려도 순식간에 그럴듯한 이유를 수십 가지는 댈 것 같아요."

"예?"

"아, 죄송해요. 초조할 텐데 엉뚱한 말을 했네요."

그녀는 진심으로 자책했다. 그리고 자신도 결국 여인이구나, 라는 생각에 쓴 미소가 맺혔다.

천류영은 귀밑머리를 긁적이다가 깜빡했다는 표정을 짓고 속삭였다.

"아까 전음 고마웠습니다."

독고설이 빙그레 웃었다.

"발은 괜찮아요?"

"예?"

"급하다 보니까 좀 세게 밟은 것 같아서."

"아! 괜찮습니다. 덕분에 정신이 번쩍 들었습니다."

"제가 늘 말했듯이 당신이 원하는 걸 하세요. 하지만 감정이 앞서진 마세요. 당신을 주시하는 눈이 점점 많아질 거예요. 그러니까 제 말은…… 용락산의 상황이 어떻든지 간에 사람들 앞에서는 감정을 드러내지 말란 뜻이에요."

"예. 늘 고맙습니다, 독고 소저."

"잔소리는 여기까지만 할게요. 당신은 나보다 훨씬 현명하니까. 그리고…… 저 역시 천마검이 아직 버티고 있길 바랄게요."

그녀의 말에 천류영이 흠칫거리다가 미소 지었다.

정파 무림인으로서 이런 말을 자신에게 건넬 수 있는 사람이 이 사람 말고 몇 명이나 있을까?

고마운 여인이었다.

그래서 전날 새벽에 자신이 그녀에게 많은 것을 말했는지도 모른다. 자신을 위해 그렇게 서럽게 울어 주었던 그녀이기에.

"천마검과 천랑대라면 그리 쉽게 무너지지는 않을 겁니다. 물론 우리도 서둘러야 하겠지만."

"천마검을 잡기 위한 함정이 아쉽게 되었네요."

"그게 전쟁이란 놈이지요. 언제 어떻게 변할지 모르는 괴물."

그녀는 그 함정에 대해 천류영을 제외하고는 가장 자세히 알고 있었다. 그가 전날 새벽에 말해 주었으니까.

"그 계책은 분명 나중에 쓸 기회가 있을 거라고 생각해요. 그러니 너무 상심하지 말아요."

독고설은 위로의 덕담을 건넸다.

하지만 그녀의 이 말은 사실이 된다.

머지않은 훗날, 규모가 훨씬 커져서 말이다.

중원 무림이 쑥대밭 된 가운데, 모두가 절망에 가득 찼을 때, 세상이 무너지려는 순간에 사람들이 다시 희망을 노래할 수 있게 만든다. 정파의 무인들이 다시 칼을 쥐고 분연히 일어날 수 있게 만든다.

무림 사상 전무후무한 그 신화는 바로 천류영이 천마검을 생포하려던 이번 책략에서 탄생하게 되는 것이다.

흥미로운 점은 천류영이 만들어 낼 그 신화에, 결국 천류영과 다른 길을 걸었던 천마검의 '마신무적행(魔神無敵行)'이라는 전설이 적지 않은 역할을 미친다는 점이었다.

각설하고, 어쨌든 지금 천류영에겐 고심했던 계책이 물거품되는 건 별 의미가 없었다. 중요한 건 빨리 용락산으로 가는 것이다.

백마를 끌고 온 풍운이 말고삐를 천류영에게 넘겨주었다. 천류영은 급히 말에 올라서는 힘껏 외쳤다.

"전군! 용락산으로!"

황금빛 군선이 자신들이 왔던 길을 가리켰다.

*　　　　*　　　　*

천류영 일행이 용락산에 당도한 시간은 정오를 한 시진 남겨 둔 시점이었다. 태양이 하늘 위 높은 곳에서 자리를 잡고 반짝였고 대지는 조금씩 따스한 기운을 품기 시작하는 시간.

능운비로부터 전서구를 받은 모용린이 약간의 무사를 이끌고 합류해 있었다.

모두는 용락산 앞을 보며 굳은 표정을 지었다.

지독한 피비린내가 코를 찔렀다.

괴괴하고, 말로 설명하기 힘든 섬뜩한 분위기가 마치 허공을 부유하는 꽃가루처럼 주변에 넘실거리는 듯했다. 많은 물건들이 온전한 혹은 부서진 상태로 사방에 널려 있었다.

곳곳의 작은 바위들이 산산조각 나 있었다. 더구나 용락산으로 올라가는 산길 부근은 완전히 초토화되어 있었다. 수백 그루가 넘는 나무가 꺾여 있거나 부러져 있었다.

피에 젖은 대지 그리고 피로 인해 붉은 야생화들.

누가 보아도 엄청난 싸움이 얼마 전에 일어난 광경이었다. 그런데 놀랍게도 마교도는커녕 시신 한 구도 보이지 않았다.

마치 저승사자가 실수로 혼백뿐만 아니라 육신까지 쓸어 간 듯했다.

모용린은 이마를 문지르며 눈살을 찌푸렸다.

"대체 이게 무슨……."

그녀가 말을 잇지 못하자 팽우종이 입을 열었다.

"빙봉, 일단 적이 분열했고 큰 싸움이 일어난 건 확실해졌군요."

모용린은 고개를 끄덕였다.

모두가 말없이 앞에 펼쳐진 광경을 잠시 동안 바라보았다. 그러다가 장득무가 번쩍 양손을 치켜들고 웃음과 함께 외쳤다.

"하하하. 마교도들이 서로 싸우다가 물러난 건 맞잖습니까? 이제 싸움은 끝난 겁니다!"

그의 말에 상비군을 포함한 많은 이들의 안색이 눈에 띄게 밝아졌다.

만약 사령관이나 모용린이 손을 들어 함성을 지른다면 자신들도 동참해 환호성을 지르고 싶은 심정이었다.

천류영의 의견처럼 큰 공을 세울 수 있는 기회라 생각하고 오기는 했지만 상대는 공포의 마교도였다.

더더군다나 모용린이 합류하면서 마교도들에 의해 점창 장문인이 숨졌다는 얘기를 했기에 긴장감은 더 높아져 있었다.

그런데 이제 모든 것이 끝났다는 생각이 들자 절로 안

도의 한숨이 새어 나왔다.

모용린은 천류영을 보며 물었다.

"사령관, 대체 여기서 어떤 일이 일어난 걸까요? 이래
서야 누가 이겼는지조차 알 수 없군요."

남궁수가 입을 열었다.

"영악한 자들이야. 시신까지 몽땅 가져가다니. 천마검
이 이긴 걸까? 아니면 반대쪽이?"

사람들은 어깨를 으쓱거리며 곤혹스러운 표정을 지었
다.

마교도와 싸워야 하는 부담감은 사라졌지만 왠지 모를
찜찜함이 가슴에 드리워졌다.

풍운이 용락산을 뚫어지게 보다가 말했다.

"저 산…… 기운이 범상치 않은데요?"

그 물음에 당혜미가 답했다.

"용락산이라 그래요."

그녀는 선지운이 천마검에게 얘기했던 것과 비슷한 설
명을 했다. 그러자 풍운이 고개를 저었다.

"아뇨, 저는 용락산을 지나친 적이 있어요. 하지만 그
때와 느낌이 달라요. 아주 많이."

당혜미가 고개를 갸웃거렸다.

"저도 몇 번 지나간 적은 있지만 별 차이를 못 느끼겠

는데요?"

풍운은 입술을 깨물며 말없이 용락산만 뚫어지게 주시했다.

당혜미는 그 차이를 느낄 수 없을 것이다. 이건 기에 아주 민감한 사람만 알 수 있는 거니까.

천류영은 천천히 사위를 살피며 풍운에게 물었다.

"느낌이 어떻게 다르다는 거지?"

"아주 더러운 느낌이에요."

풍운의 말에 근처에 있는 사람들이 눈살을 찌푸렸다. 너무 모호한 대답이었다.

풍운이 부연 설명했다.

"그러니까 뭐랄까? 죽음의 기운이라고 해야 하나? 제가 딱 꼬집어 말할 수는 없는데…… 그런 느낌이 강하게 들어요."

독고설이 미간을 좁히며 말했다.

"짙은 사기(死氣)가 느껴진다는 거야?"

"예, 그런데 단순한 사기가 아니라……."

풍운은 어떻게 설명해야 할지 난감한 표정으로 관자놀이를 긁적이다가 말을 이었다.

"마기(魔氣)도 있고…… 그러니까 사기를 주축으로 온갖 더러운 기운들이 뒤섞여 있는 것 같은 느낌? 아! 정확하게 설명하기 어렵네요."

조전후가 눈을 빛내며 끼어들었다.

"혹시 저 산에 마교도들이 숨어서 우리를 보고 있는 것 아닐까?"

그 말에 많은 이들이 흠칫거렸다. 그리고 모두가 안력과 기감을 총동원해 용락산을 주시했다.

하지만 뭔가를 알아내기엔 거리가 너무 멀었다.

풍운이 한숨을 쉬고 말했다.

"마교도들이 저곳에 숨어 있는지는 모르겠어요. 하지만 제가 저 산으로부터 받은 느낌은 마교도들로부터 느꼈던 기운과는 전혀 다른 거예요."

모용린이 물었다.

"어떻게 다르다는 거죠?"

"으음, 이렇게는 안 되겠어요. 직접 들어가 볼게요."

풍운은 천류영을 보았다. 용락산 안으로 들어가게 허락을 해 달라는 눈빛이었다.

천류영은 복잡한 심사가 담긴 표정으로 용락산과 풍운을 보다가 고개를 끄덕였다.

"좋아. 다만 매복이 있거나 뭔가 위험한 기미가 있으면 바로 나와야 해."

풍운이 싱긋 웃으며 주먹을 불끈 쥐었다.

"걱정 말아요. 제가 누구에게도 쉽게 당할 사람은 아니잖아요."

"그래, 부탁한다. 그리고 조심해라."

"예."

풍운은 앞으로 천천히 걸었다. 그러다가 속도를 높여 순식간에 용락산 안으로 들어가 버렸다.

독고설은 한숨을 삼키며 풍운이 들어간 용락산을 보다가 시선을 천류영에게 옮겼다.

소매 끝에 걸린 그의 손이 잔 경련을 일으키고 있었다. 겉으로는 담담한 척하지만 상당한 심적 동요를 겪는 중인 것이다.

독고설은 그의 곁으로 다가가 살며시 팔을 쥐었다.

[아직 어떤 일이 일어났는지 몰라요. 너무 앞서 생각하지 마세요.]

그녀의 솔직한 마음으로는 천마검과 마교주가 다 죽었으면 했다. 그리 된다면 전쟁이 다시 벌어질 일이 없을 테니까. 그러나 천류영이 천마검을 원하니 그가 살았으면 좋겠다는 생각도 했다.

천류영은 고개를 천천히 끄덕이고는 낮게 심호흡을 해댔다. 그렇게 마음을 가라앉힌 후에 모용린에게 말했다.

"빙봉."

다른 사람들과 마찬가지로 용락산을 보고 있던 빙봉이 고개를 돌려 답했다.

"예, 사령관."

"우리도 주변을 그리고 산 초입 부근까지 차분히 살펴보는 게 어떻겠습니까?"

격한 교전이 있었을 장소를 살피자는 말이다.

모용린은 입술을 꾹 깨물었다.

물론 해야 할 일이다.

문제는 만약 마교도가 저 산에 매복하고 있다면 그건 위험천만한 일이었다. 풍운이 방금 산에 올랐으니 일각에서 이각 정도는 지켜보는 게 어떠냐고 말하려고 했다.

천류영이 말했다.

"매복은 없을 겁니다."

확신하는 듯한 그의 어조에 적지 않은 이들이 고개를 갸웃거렸다. 하지만 모용린은 피식 웃고는 이내 고개를 주억거렸다.

"그렇겠네요. 마교주가 이기고 매복했다면 우리 앞으로 모습을 드러낼 리 없지요. 반대로 천마검이라면, 그는 왠지 숨을 사람 같지 않아요."

"예. 천마검이 건재하다면 그는 숨을 사람이 아닙니다. 그리고 심각한 부상을 입었다면 매복이 아니라 치료를 위해서 벌써 떠났겠지요."

"좋아요. 하지만 만약의 경우를 생각해서 조사할 사람은 이십여 명 정도로 하지요. 남은 이들은 혹시 모를 사태를 대비해 전열을 흐트리지 않는 게 좋겠어요."

"동감합니다."

천류영은 곧바로 당혜미를 불렀다. 그러자 독고설 때문에 천류영 근처로 접근하는 것이 왠지 어색했던 그녀가 반색하며 다가왔다.

"예, 천 오라버니."

그녀의 살가운 말에 독고설이 아미를 살짝 찌푸렸다가 천류영에게 물었다.

"당 소저는 왜 부르는 거죠?"

"확인할 것이 있어서요."

천류영은 당혜미를 보며 말을 이었다.

"소가주님과 함께 나중에 사천 분타에 왔지? 그때 말이야. 아군의 시신을 수습하려고 했는데 한 구도 없었다고 들었는데."

당혜미가 냉큼 고개를 끄덕였다.

"예. 그래서 저희는 사령관께서 그 바쁜 와중에도 시신을 수습하라고 지시했는지 의아해했었어요."

듣고 있던 모용린의 눈이 빛났다. 자신이 천류영에게

해 주었던 얘기다.

그녀가 천류영에게 물었다.

"사령관, 설마 그 인육을 매매한다는 집단이 여기에 있던 시신을 쓸어 갔다고 생각하는 건가요?"

"그저 가능성의 하나를 놓치고 싶지 않은 것뿐입니다. 시신이 하나도 없는 점이…… 묘하게 걸리거든요."

모용린은 입술을 꾹 깨물었다가 천천히 고개를 끄덕였다.

"그럴 수도 있겠네요. 상황을 보건데 누가 이겼든 상당한 피해를 입은 것 같은데, 그런 상황에서 시신을 전부 수습한다는 것은 확실히 이상해요. 언제 우리가 들이닥칠지도 모르는데 말이죠."

모용린은 용락산 앞을 다시 주시하며 말을 이었다.

"정말 그런 짓을 했다면 정말 담대한 놈들이겠군요. 우리와 마교의 전쟁이 일어나고 있는 한복판에서 잇달아…….음, 단순히 인육 매매 집단이 아닐지도 모르겠어요."

천류영이 대꾸했다.

"예. 그래서 더 세심히 조사할 필요가 있습니다."

천류영은 다시 당혜미에게 고개를 돌리고는 물었다.

"당시 그곳을 자세히 살폈니?"

당혜미가 안타까운 표정으로 고개를 저었다.

"아뇨. 시신이 있는지만 찾았어요."

"음, 그래도 같이 한 번 살펴보자."

당혜미가 힘차게 고개를 끄덕였다.

그렇게 후기지수들을 중심으로 용락산 앞을 한참 동안 훑었다. 그러길 한 시진이 넘어가면서 사람들은 점차 초조해졌다.

풍운이 어떤 연락도 없이 여전히 산에서 나오지 않았던 것이다.

이제 모든 일행은 용락산 바로 앞에 있었다.

독고설이 천류영에게 말했다.

"아무래도 안 되겠어요. 산으로 들어가야 해요."

천류영이 고개를 끄덕였다.

"예. 그래야 할 것 같습니다."

병력을 절반으로 나누기로 결정하고 산으로 들어갈 사람들을 추렸다. 그러나 그들은 아무도 산으로 들어갈 수 없었다.

남쪽에서 흙먼지를 일으키며 일단의 무리들이 몰려왔기 때문이었다.

천류영은 곧바로 경계 태세를 명했고, 잠시 후 안력이 높은 이들이 그들의 정체를 간파했다.

그들은…… 초지명이 이끄는 마교도들이었다.

3

"헉헉, 헉헉헉."

달리는 마교도들은 모두가 격한 숨을 뱉었다.

땀은 비오는 듯했고 옷은 그 땀으로 흠뻑 젖었다. 그 위로 흙먼지가 달라붙었다.

나란히 달리는 사람이 없었다. 마치 선착순 달리기라도 하는 듯 전열은 엉망이었다. 아니, 전열이라고 부르기도 민망했다.

떠날 때 탔던 말은 모두 거품을 물고 쓰러진 지 오래. 그들의 모습은 패잔병들 보다도 못했다.

그러나 한 가지가 달랐다.

그들의 눈에서 쏟아져 나오는 빛.

분노와 초조함이 줄기줄기 흘렀다.

최선두에서 달리던 폭혈도가 용락산 앞의 정파인들을 보고는 이를 악물었다.

대체 대주님은 어디에 계신 건가? 믿음직한 동료와 수하들은? 그들은 다 어디로 사라지고 정파인들이 왜 저곳에 몰려 있는 건가?

미친 듯 달려오면서 자꾸만 커지려는 불안감을 힘겹게

억눌렀다. 그러나 점차 확연히 보이는 용락산 앞의 풍경을 보니 억장이 무너지는 듯했다.

으드득.

이를 갈았다.

혹시 저 정파인들이 새벽에 기습을 한 것일까?

아니면 소교주가 배신을 하고 싸우는 와중에 저들이 들이닥쳐 손쉽게 승리를 거머쥔 걸까?

불길한 상상들이 머릿속을 헤집고 돌아다녔다.

그러나 결국 중요한 물음은 하나였다.

만약 대주님께 무슨 일이 생겼다면?

관태랑과 수라마녀, 마령검이 잘못됐다면?

새끼 같은 수하들이 죽었다면?

폭혈도는 쏟아질 것 같은 눈물을 참으며 고개를 저었다.

아니다! 그럴 리가 없다.

그런 불경한 생각은 가지면 안 된다!

그래도 그런 일이 발생했다면?

관여한 이들은 모조리 죽여 버리고 말리라.

그리고 그건 그만의 생각이 아니었다. 뒤에 따라오는 귀혼창이나 천랑대도 모두 똑같은 생각을 하고 있었다.

그들의 신형에서 살기가 뭉클뭉클 솟아올랐다.

점점 다가오는 마교도들을 보는 정파인들은 연신 천류영과 모용린을 보았다. 속히 어떤 명이라도 내려 주길 기다리는 것이다.

그러나 천류영과 모용린은 말없이 달려오는 마교도들을 뚫어지게 주시했다.

초조함을 이기지 못한 화가연이 결국 입을 열었다.

"사령관님! 어떻게 합니까?"

천류영은 주먹을 쥔 채 계속 침묵했다.

모용린은 정파 무림이 자랑하는 천재 중 한 명이다. 그녀라면 자신이 할 말을 대신 해 줄 것이라 믿었다. 아침의 일이 있기 때문에 자신이 먼저 나서는 모양새는 좋지 않다고 판단한 것이다.

천류영이 입을 열 생각을 하지 않자 모용린이 의아한 기색으로 천류영을 보았다.

"사령관, 싸울 생각이 있다면 먼저 공격해야 해요. 그럼 승산이 조금이나마 있어요."

모두가 그녀의 말에 고개를 끄덕였다. 달려오는 마교도들의 전열은 개판이라고 해도 무방할 정도였다.

자신들이 달려가 적 선두를 공격한다면 한 명씩 처리할 수 있다. 그렇다면 아무리 공포의 마교도들이라고 해도 이길 수 있을 것 같았다.

그런 생각을 더욱 뒷받침하는 이유는 저들이 얼마나 지쳐 있는지 한눈에 알 수 있었기 때문이다. 내공과 체력이 거의 바닥으로 보였다.

천류영은 자신을 보는 모용린을 마주하며 물었다.

"싸울 생각이 있다면…… 이라고 하셨습니까? 승산이 조금이라고 하셨습니까?"

질문을 던지는 천류영의 입가에 엷은 미소가 피어났다. 모용린의 의견은…… 뒤집어 해석하면 싸우지 말자라는 것이기에. 역시 자신의 생각과 같았다.

모용린이 고개를 끄덕이자 천류영은 영문을 모르겠다는 기색으로 물었다.

"왜 그렇게 말하신 거죠?"

사람들의 이목이 모용린에게 모아졌다.

모용린은 고개를 갸웃거리며 천류영을 보다가 쓴웃음을 지었다. 그녀는 천류영이 지금껏 그랬듯 이번에도 체면을 세워 주려는 것이라고 생각한 것이다.

"달려오는 마교도들의 선두는 분명 최고수들일 테니까요. 아무리 탈진한 상태라고 해도…… 우리가 단숨에 처리할 수 있는 자들이 아니에요. 그럼 우리는 계속 뒤이어 들이닥치는 마교도들과 뒤엉키게 될 것이고 결국 난전이 될 공산이 높죠."

"……."

"저들에겐 절정 고수가 적지 않게 있는 것으로 추정돼요. 아무리 저들의 상태가 바닥이라고 해도…… 단기 승부를 노릴 저들을 우리가 이길 확률은 그리 높지 않아요. 냉정하게 판단한다면 서로 큰 피해를 피할 수 없고, 결국 우리가 질 공산이 높아요."

사람들은 자존심이 상한 표정으로 이를 악물었다. 그러나 반박하는 사람은 없었다.

점창과 큰 싸움을 했을 터인데도 불구하고 전체적으로 인원이 별로 감소하지 않은 것으로 보였기 때문이었다. 그건 그들이 그만큼 강하다는 것을 뜻했다.

모용린이 아쉬운 기색으로 말을 이었다.

"만약 우리에게 풍운 소협이 있었다면 승부를 해볼 만합니다. 그러나 그렇지 못하잖아요? 우리들만으로는 어려워요."

목소리만큼이나 냉정한 판단에 정파인들의 자존심이 뭉개졌다. 일부 후기지수들은 노골적으로 불만스러운 표정을 지었으나 상비군은 모두 모용린의 의견에 공감하는 낯빛이었다.

전쟁은 사실상 끝났다.

그리고 자신들은 승리자였다. 그런데 굳이 충돌할 필요가 없는 싸움에 휘말려 죽고 싶지는 않았다.

조전후가 그답지 않게 신중한 기색으로 끼어들었다.

"우군사의 말이 맞아. 제길, 저 흑랑대주는 별로 보고 싶지 않은데 자꾸 마주치는군."

달려오는 선두의 후미에 있는 초지명을 본 것이다. 초지명은 낭왕과의 대결로 인해 적지 않은 부상을 입었음에도 뒤처지지 않았던 것이다.

팽우종이 입을 열었다.

"그럼 굳이 충돌할 필요 없이 퇴각하는 것이 좋다는 뜻입니까?"

모용린이 고개를 끄덕였다.

"그게 좋죠. 하지만…… 그렇다면 저 마교도들은 우리가 이 일에 개입했다고 판단하고 죽어라 쫓아올 걸요? 또한 여기서 우리가 물러선다면 두고두고 말이 나올 거예요. 저들이 두려워 꼬리를 말았다고……. 사천 전쟁의 승부가 갈린 이 시점에 굳이 우리의 행적에 오점을 남길 필요는 없다고 생각해요."

독고설이 끼어들었다.

"그리고 풍운이 아직 돌아오지 않았어요. 우리만 물러난다면 풍운이 위험해질 수 있어요."

팽우종이 고개를 저었다.

"지친 저들이 풍운 소협의 경공을 따라잡을 수는 없을 겁니다."

그 말에 많은 이들이 소리 없이 웃었다.

풍운의 그 무지막지한 빠름을 본 사람이라면 모두 그렇게 미소 지었다.

남궁수가 말했다.

"싸우기도 껄끄럽고 퇴각도 곤란하다. 그럼 어떻게 하자는 겁니까?"

모용린이 계속 침묵하고 있는 천류영을 향해 말했다.

"이젠 사령관도 말씀 좀 하시죠? 저를 추켜세워 주려는 건 알겠는데 여기 있는 사람들은 저보다 사령관을 더 신뢰한다고요."

안 그래도 슬슬 끼어들 참이었기에 천류영은 입을 열었다.

"조호이산(調虎移山)."

호랑이를 유인하여 산을 떠나게 한다는 책략이다. 강하고 급한 상대와 정면으로 붙을 필요가 없다는 천류영의 말에 모두가 동의의 낯빛을 했다. 문제는 어떻게 그리 하냐는 점이다.

남궁수가 물었다.

"어떻게 저 늑대들을 꼬드기자는 거지? 저들…… 아주 살기가 뚝뚝 흐르는데."

남궁수는 일부러 마교도들을 호랑이가 아니라 늑대라고 표현했다. 그건 자존심 문제였다.

어쨌든 남궁수의 말대로 달려오는 마교도들에게서 흘러나오는 살기가 아직 거리가 있는 이곳까지 살 떨리게 전해져 오고 있었다.

천류영은 자신을 보고 있는 이들을 훑으며 답했다.

"함께 이곳에서 있었을 일을 추론해 보자고 하면 될 겁니다. 궁금하기로 따지면 우리보다 저들이 더할 테니까. 그리고 힘을 합치면 우리는 이곳에서 일어난 일을 더 자세히 알게 될 겁니다."

일부 정파인들의 눈살이 절로 찌푸려졌다. 상황이 그렇다고 하더라도 마교도들과 손을 잡는 것이 내키지 않았기 때문이었다.

그러나 적지 않은 이들은 고개를 주억거렸다.

어차피 이곳에 올 때, 천마검과 손을 잡을 생각도 하지 않았던가?

금기된 생각이나 행동이라도 한 번 그 선을 넘으면 그 다음부터는 어렵지 않은 법이다. 무엇이든 처음이 가장 어려운 것이다.

천류영이 이제 거침없이 말을 이었다. 어차피 판은 모용린이 깔았으니까.

"흑랑대주라면 말이 통하는 상대니 큰 문제는 없을 겁니다. 우리는 저들을 이용해 더 많은 정보를 알아낼 수 있을 테고요. 그리고 운이 좋다면…… 마교주가 관여했다는 증거를 잡을 수도 있겠지요."

"……."

"그렇다면 아까 제가 말했듯이 우리는 큰 약점을 쥐게 되는 겁니다. 마교의 내부와 흑천련에 폭풍이 닥칠 약점을 말이죠."

그의 말에 정파인들의 입꼬리가 올라갔다.

이제 마교도들과 정파인들의 거리는 매우 가까워졌다. 최선두의 폭혈도는 사 척의 붉은 환도를 빼어 들고 외쳤다.

"너희들이 본교를 공격했느냐?"

그의 질문은 사자후였다. 대기가 부르르 떨며 몸살을 앓았다. 그에 정파인들 특히 상비군의 안색이 변했다.

절정 고수!

그 이름은 언제나 평범한 무인들에겐 경외였다.

천류영은 백마의 허리를 발로 툭 쳤다.

따각, 따각.

백마가 정파인들과 떨어져 앞으로 움직였다. 그의 좌우로 독고설과 조전후가 붙었다. 그리고 정파인들은 천천히 물러났다. 싸울 의사가 없다는 것을 보여 주는 것이다.

조전후가 공력을 담아 외쳤다.

"우리의 사령관, 천류영 공자시다."

폭혈도의 눈동자가 흔들렸다.

저 청년이 무림서생 천류영인가?

대주님께서 그리 극찬하고 또한 그렇게 얻기 원했던 인물.

환도를 쥔 그의 손에 힘이 불끈 들어갔다.

저 신출귀몰하다는 놈이 무슨 잔꾀를 부려서, 대주님이 위험에 빠진 건 아닐까?

단숨에 달려가 백마 좌우의 호위를 쳐 죽이고 무림서생의 멱을 움켜쥐고 싶었다. 당장 궁금한 것들을 따져 묻고 싶었다.

그의 뒤를 바짝 따르는 귀혼창이 말했다.

"대화를 하자는 거다."

"나도 알아!"

"흥분하지 마라. 대주님께서 침이 마르게 칭찬한 놈이

야. 만만하게 봐서는 안 돼!"

"제길, 일단 잡아 족치면……."

"혹시라도 대주님께서 저들에게 인질로 잡혀 있을 가능
성도 고려해야 한다!"

"……!"

폭혈도는 이를 악물고 달리는 속도를 줄였다. 그의 좌
우로 귀혼창을 비롯해 속속 마교의 고수들이 나란히 자리
했다.

그리고 초지명까지 합류했을 때, 그들은 천류영과 불과
삼십여 걸음을 두고 대치했다.

폭혈도가 으르렁거리는 쇳소리로 물었다.

"무림서생. 우리 대주님은?"

천류영은 심호흡을 하고 답했다.

"당신은 누구십니까?"

확 비교가 될 정도로 맑은 목소리. 그 음성은 사람의
마음을 진정시키는 묘한 효과가 있었다.

"젠장, 지금 통성명이나 할 기분이……. 천랑대 일조장
폭혈도다!"

천류영이 살짝 목례를 하고는 시선을 옮겨 초지명을 보
았다.

"자주 뵙는군요, 흑랑대주님."

초지명은 가쁜 숨을 숨김없이 뱉으며 고개를 주억거렸다.

"후우우, 그렇군. 이런 걸 악연이라고 하나?"

"인연이라고 해 두죠. 적어도 지금은 말입니다. 음, 묻고 싶은 게 많을 줄 압니다. 저희도 그러니까요."

천류영의 말에 마교도들의 눈에 이채가 스쳤다. 천류영은 자신들이 이곳에 당도한 뒤의 얘기를 담담하게 풀어놓았고 마교도들은 조용히 경청했다.

그 짧은 말이 끝나자 폭혈도가 물었다.

"지금 그걸 우리 보고 믿으라는 거냐? 시신이 한 구도 없어? 너희들이 숨긴 것이 아니고?"

"우리에게 그럴 이유가 있습니까?"

폭혈도는 말문이 막혔다. 그러자 귀혼창이 말을 받았다.

"천랑대 이조장, 귀혼창이다."

"반갑습니다."

귀혼창은 순간 어이가 없었다. 정파인이 자신을 향해 반갑다는 말을 하는 것이 어처구니없었다. 더구나 이런 상황에서 말이다.

"지금 대주님과 동료들의 생사를 알 수 없는 우리 속은 타들어 가는데 반갑다고?"

강렬한 마기와 살기가 그의 신형에서 뭉클 피어났다.

천류영은 눈살을 찌푸렸지만 담담하게 답했다.

"예. 왜냐하면…… 당신들의 대주를 공격한 배후를 알아내기 위해서, 저는 여러분들과 잠시 손을 잡고 싶으니까요."

귀혼창의 동체에서 일던 기운이 씻은 듯 사라졌다.

정파인과 손을 잡는 것은 꺼려졌다. 하지만 지금 그런 것을 따질 상황이 아니었다.

그리고…… 대주님께서 극찬한 천류영이라면 지금 상황에서 도움이 될 수도 있다는 생각이 뇌리를 스친 것이다.

초지명이 말했다.

"네 뜻은 우리와 크게 다르지 않다. 그러나 네가 우리에게 어떤 도움을 줄 수 있을까?"

마교도들 모두가 입술을 꾹 깨문 채 고개를 주억거렸다.

천류영은 품속에서 여러 개의 천을 꺼내며 말했다.

"일단 이것부터 시작해 보죠. 이건 우리가 용락산 앞을 세심히 살피다가 주운 것들입니다. 바위나 돌 밑 혹은 풀 아래에 있던 것이지요."

마교도들은 의아한 표정으로 천류영의 손에 쥐어진 천들을 주시했다.

"꽤나 찾기 어려운 곳에 있었습니다. 즉, 그들은 자신들의 정체를 남기고 싶지 않았단 뜻이죠. 그럼에도 이런 것들이 남아 있는 이유는 아마 저희가 이곳으로 들이닥쳤기 때문일 겁니다. 설마 저희가 이리 빨리 이곳에 올 줄은 몰랐을 테니까요."

"……."

"마지막까지 남아서 떨어트린 것은 없는지 확인하던 이들은 아마 놀라서 급하게 자리를 떴을 겁니다. 그래서 운 좋게 저는 이것을 얻을 수 있었고 말입니다."

천류영은 그 천들을 하나씩 허공으로 던졌다.

"제가 보았던 귀교의 무복에서 베어진 것들입니다. 이건 소뇌음사의 무승이 입었던 것이지요? 이건 천랑대의 무복에서 잘려 나온 것이군요."

천들이 하나씩 허공에서 나풀거리며 땅으로 떨어졌다. 그리고 천류영은 마지막 하나의 천을 손에 쥐고 있었다.

마교도들 모두가 천류영의 손을 주시하는 가운데 초지명이 물었다.

"왜 남은 그 천은 보여 주지 않는 거지?"

천류영은 초지명을 향해 말했다.

"제가 관찰력이 꽤 좋은 편입니다. 그래서 저와 붙었던 귀교나 소뇌음사, 사황궁의 무복을 기억하고 있습니다.

그런데 이건 보지 못했거든요. 물론 어떤 분이 평상시에 입는 옷일 수도 있겠지만, 싸움을 앞둔 상황에서 그런 복장을 할 것 같지는 않아서……. 그리고 이 색은 어느 곳에서나 최고의 사람 혹은 최고의 단체에게만 허용되는 것으로 알고 있습니다."

천류영은 천을 펼쳤다. 마교도들의 눈이 모두 그 천에 쏠렸다. 그리고 그들의 눈이 점차 찢어질 듯이 커졌다.

까만 천 위를 가로지르는 하나의 선이 환했다.

황금빛 단.

폭혈도와 몇몇 마교도들이 부르르 떨며 말했다.

"마풍단!"

"교주께서?"

"폐관수련 중이 아녔단 말인가?"

천류영 그리고 독고설과 조전후의 눈에 이채가 스쳤다. 막연히 추정만 하던 마교주의 개입이 확실해지는 순간이었다. 일단 온통 의혹투성이에 물꼬가 트였다.

마교도들은 얼어붙어서 연신 몸을 떨었다. 이건 생각하지도 못했다. 몽추가 고개를 절레절레 저으며 홀로 계속 중얼거렸다.

"대체 왜? 교주께서 이곳까지 몰래 와서 이런 일을?"

그러자 초지명이 눈을 빛내며 말했다.

"아직 확실한 건 없다. 무림서생의 잔꾀일 수도 있다."

그러자 천류영이 한숨을 뱉고 초지명에게 말했다.

"저를 경계하시는 겁니까?"

"자네가 마풍단의 복장을 알 확률은 거의 없겠지만 세상일이란 모르는 것이니까."

천류영이 어깨를 으쓱거렸다.

"역시 흑랑대주십니다. 그건 그렇지요. 하지만 현 상황에서 그런 의심은 독이 될 뿐입니다. 흑랑대주께서는 이제 짐작할 수 있을 텐데요. 소교주 일행이 배신했다면…… 그 뒤에 교주가 있어야 가능하다는 것을."

마교도들 사이로 질식할 것 같은 침묵이 흐르는 가운데 천류영의 목소리가 달렸다.

"저를 믿지 못한다면 여러분들 모두 교로 복귀하시면 진실을 알 수 있겠지요."

"……!"

마교도들의 눈동자가 흔들렸다. 정말로 이번 일에 교주가 개입했다면 자신들은 복귀하는 순간 죽음이 기다리고 있을 것이다. 절로 침이 꼴깍 넘어갔다.

천류영은 말에서 내렸다. 그리고 초지명을 향해 걸었다. 독고설이 흠칫 놀라 막으려고 했지만 천류영이 손을 저으며 괜찮다는 미소를 지었다.

"흑랑대주님."

초지명은 바로 앞에서 멈춘 천류영을 보며 이를 악물었다. 그렇게 죽이고 싶어 한 인물이 코앞에 있었다.

언젠가 자신들의 원대한 꿈에 가장 큰 걸림돌이 될 수 있는 자! 이 인간만 아녔다면 자신들은 지금쯤 사천 무림을 점령했을 터인데.

"무림서생."

천류영은 마풍단의 잘린 소매를 내밀며 말했다.

"한 시진만 함께 이곳을 조사합시다. 서로 힘을 합친다면…… 그럼 우리는 정확하게는 아니더라도 이곳에서 무슨 일이 있었는지 큰 그림을 파악할 수 있을 겁니다."

"……."

"이 진실에 바로 여러분들 모두의 생사가 달렸습니다. 어쩌면…… 천랑대주를 비롯한 여러분의 동료, 수하들의 안위도 알아낼 수 있을지도 모르지요."

폭혈도가 끼어들었다.

"아직 대주님께서 살아 계실까? 그럴까?"

그 모습에 독고설과 조전후는 상황의 긴박함과 엄중함도 잊고 웃음을 터트릴 뻔했다. 방금 전까지 천류영을 잡아먹으려던 사람이 지금 간절한 눈빛으로 호소하고 있었다.

천류영이 좋은 답변을 주길 기대하면서.

파륵이 비통한 표정으로 말했다.

"제기랄, 힘들다는 것 알잖아. 교주까지 개입했다면……."

폭혈도가 발끈하려는 순간 천류영이 말했다.

"저 보단 여러분들이 천랑대주님에 대해서 잘 알겠지요. 저는 아주 어렸을 적에 잠시밖에 보지 못했으니까. 하지만 그때 제가 받은 인상은 이렇습니다."

모두의 시선이 천류영에게 몰렸다.

천류영이 그들을 향해 물었다.

"천마검……. 그 형님이 쉽게 죽을 사람입니까?"

마교도들의 절망 어린 표정에서 희미한 미소가 피어올랐다. 서로 적인 것을 잠시 잊고 지금만큼은 한마음 한뜻이 되었다.

초지명은 천류영이 내민 천을 받아 들며 말했다.

"좋아, 무림서생. 잠시 협력하기로 하지."

제43장
대체 무슨
일이 있었나? 二

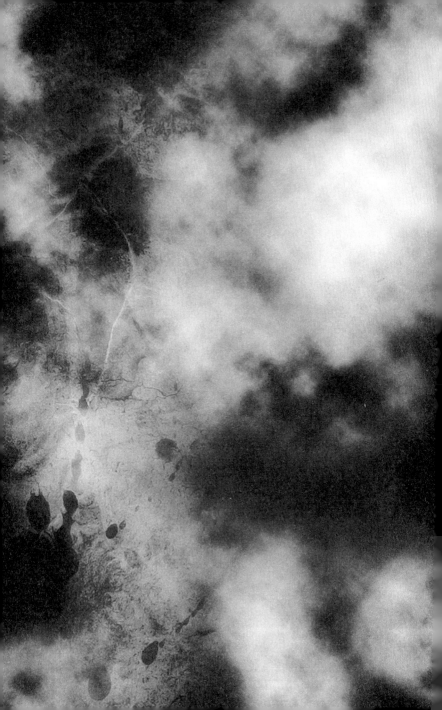

1

천류영과 마교도들간 극적인 합의가 이뤄졌다.

이 소식을 조전후가 정파인들에게 나는 듯 달려가 알렸다. 그러자 빙봉의 눈에 기광이 어리고 입꼬리가 살짝 올라갔다.

"역시 마교주가 개입했군요."

정파인들 얼굴에 흥분이 번졌다.

큰 약점을 쥐게 된 것이다. 마교의 본산인 십만대산 주변에 이 사실을 연통 넣는다면 새외 무림은 충격에 빠져 극심한 홍역을 치르리라.

모용린은 정파인들을 보며 말했다.

"흥분을 숨기세요. 굳이 우리의 이런 의도를 마교도들에게 알릴 필요는 없습니다."

장득무가 고개를 갸웃거리다가 물었다.

"하지만 저들도 반기지 않겠습니까? 저들이 목숨처럼 떠받드는 천마검을 마교주가 공격했다면……."

모용린은 그의 말허리를 냉정하게 끊었다. 원래 그녀가 차갑기도 했지만 장득무가 상비군으로 빠지기 위해 잔꾀를 쓴 점에 대해 탐탁지 않게 여기는 것이었다.

"장 소협, 저들은 지금 상당히 예민한 상태일 터, 괜히 우리에게 이용당하고 있다는 느낌을 줄 필요는 없어요."

팽우종이 고개를 끄덕이며 말했다.

"맞습니다. 서로 간에 사소한 말다툼이나 눈에 거슬리는 표정도 큰 싸움으로 번질 수 있는 상황입니다."

남궁수도 맞장구쳤다.

"저 역시 최대한 감정을 드러내지 않는 것이 좋다고 생각합니다. 지금 저들은 가슴속에 터질 듯한 울분이 가득할 터인데 굳이 자극할 필요는 없겠지요."

모두가 동의의 낯빛을 짓는 가운데 화가연이 잔뜩 굳은 얼굴로 모용린을 향해 물었다.

"그럼…… 우리는 저들이 사령관과 함께 이곳을 조사하

는 동안 구경만 하면 되는 건가요? 아니면 함께 조사해야 하나요?"

모용린이 피식 웃고는 반문했다.

"왜? 함께 조사하고 싶어?"

화가연은 고개를 절레절레 저었다. 더 나아가 손사래까지 쳤다.

예민한 상태의 마교도들과 뒤섞여 뭔가를 한다는 것은 생각만으로도 소름끼치는 일이었다.

다른 정파인들도 화가연의 생각과 별반 다르지 않았다. 가능하다면 마교도들과 최대한 거리를 두고 싶은 것이 솔직한 심정이었다.

사실 천류영이야 무림에 들어온 지 얼마 되지 않아서 마교에 대한 감정이 거의 없거나 엷겠지만 자신들은 달랐다. 태어나는 순간부터 가장 경계해야 할 적이 마교도라고 교육받았고 이제 그것은 머릿속에 각인되어 있었다. 태어나고 자란 환경은 그 사람의 가치관을 형성하는 법이다.

그때 독고설이 달려왔다.

"빙봉 언니, 분란이 생길 것 같지는 않지만 그래도 모르는 것이니 사령관의 호위를 몇 명이라도 차출했으면 좋겠어요."

모용린이 고개를 주억거리며 아쉬운 표정으로 물었다.

"나도 사령관 곁에서 지켜보고 싶은데 안 되겠지?"

독고설이 싱긋 웃었다

"언니는 여기에서 만약의 경우를 대비해야죠."

"알아. 그냥 해 본 소리야."

"참, 사령관이 모두들 뒤로 잠시 물러나 있는 게 좋겠다고 했어요."

역시 천류영도 정파인들이 굳이 마교도들과 뒤섞여 이곳을 조사할 필요는 없다고 생각한 것이다.

모용린은 빙그레 미소 지었다. 천류영과는 미리 말을 맞추지 않아도 뭔가 착착 들어맞는다는 느낌이 들어서였다. 그녀는 속으로 '이래서 똑똑한 사람과 일하면 편하단 말이지'라고 생각하며 입을 열었다.

"알았어. 그렇게 하지. 그럼 사령관의 호위로 가실 분은 자원해 주세요."

남궁수가 말했다.

"제가 가겠습니다."

당혜미도 지원했다.

"아까 사령관께서 제가 필요할 수도 있다고 했으니 빠질 수 없죠."

그렇게 사람을 뽑으니 결국 후기지수들이 주축이 되어

열다섯 명이 지원했다. 모용린은 사령관 옆에 너무 많은 사람이 따르는 것도 좋지 않다고 판단하고는 다섯 명으로 줄였다.

독고설, 조전후, 팽우종, 남궁수, 당혜미.

그러는 사이 마교도들은 천류영의 의견에 따라 병력을 나눴다.

절반은 귀혼창과 몽추, 파륵이 이끌고 용락산과 그 너머를 수색하고 나머지 절반은 주위로 흩어져 샅샅이 뒤지기 시작했다.

그건 참으로 묘한 광경이었다.

정파의 사령관인 천류영의 지시를 마교의 최정예라 불리는 이들이 따르는 것은.

정파와 마교.

그건 물과 기름처럼 절대 섞일 수 없는, 그렇기에 그 긴 세월 동안 한 번도 함께한 적이 없는 사이였다. 그런데 지금 이곳에서, 비록 일시적이라고는 하지만 그런 일이 벌어지고 있는 것이다.

천류영은 주변을 살피는 마교도들 사이를 누비며 외쳤다.

"자신이 맡은 부분을 책임지고 살피십시오. 특히 돌 아래나 풀 밑동 같은, 잘 보이지 않는 곳을 세심히 살펴야

합니다. 뭔가 이상한 것이 있다면 무엇이라도 가지고 오십시오."

마교도들은 차마 '존명!'이라고 답하기도 뭐해서 그저 고개만 끄덕이며 땅을 살폈다.

천류영은 초지명, 폭혈도, 귀혼창이 조사하고 있는, 황폐화된 용락산의 초입으로 이동해 말을 걸었다.

"정말 엄청나다는 생각이 들더군요. 저는 무공을 익히지 않아서 그런지 대체 얼마나 강력한 힘을 가져야 이리 나무들을 갈가리 찢을 수 있는지 놀라울 따름입니다."

마교의 세 절정 고수들은 침묵하며 주변을 살피는 데 열중했다. 때마침 독고설을 포함한 다섯 호위가 천류영을 향해 다가왔다.

천류영은 그들을 보고 눈짓과 손짓으로 너무 가깝게 올 필요 없이 근처에 있으라 하고는 초지명에게 말했다.

"어떻습니까? 흑랑대주님. 천랑대주나 마교주의 무공 흔적으로 보이는 것이 있습니까? 아니면…… 전혀 보지 못했던 무공의 흔적이나 말입니다."

"모르겠다."

천류영은 미간을 찌푸렸다. 왠지 흑랑대주의 대답이 시큰둥하게 들렸기 때문이었다.

"벌써 일각 가까이 살피고 있습니다. 여러분들은 모두

절정 고수들 아니십니까? 또한 마교주와 마풍단 그리고 천랑대주와 천랑대의 무공에도 해박할 테고요. 그런데 지금까지 아무것도 알아내지 못한 겁니까?"

"……."

"혹시 뭔가를 숨기는 건 아닙니까?"

"……."

상대가 계속 침묵하자 천류영의 언성이 높아졌다.

"우리는 지금 잠시나마 진실을 알기 위해서 손을 잡았습니다. 그럼 협조를 해야 하지 않겠습니까? 이래서야 함께할 이유가 없잖습니까?"

초지명이 한숨을 삼키고 부러진 나무를 살피느라 구부렸던 허리를 폈다. 그리고 천류영을 직시하며 차갑게 대꾸했다.

"우리의 조사가 어느 정도 끝나면 네게 도움을 청하겠다. 그전까지는 간섭이 지나치지 않았으면 좋겠다."

천류영의 대꾸하는 목소리도 차가워졌다.

"협조가 아니라 간섭이라고 하셨습니까?"

"……."

"백짓장도 맞들면 낫다고 했습니다. 당신들이 하고 있는 조사를 바로바로 알려 달란 말입니다. 서로 정보를 교환하면서 대화를 나눠야 더 빨리 그리고 더 많은 것을 알 수 있다는 것을 정녕 모르시는 겁니까?"

초지명의 미간에 골이 패였다. 그는 입술을 깨물었다가 여전히 차가운 어조로 말했다.

"무림서생, 설마하니 너는 우리가 미주알고주알 모든 것을 털어놓을 것이라 생각한 거냐?"

천류영이 쓴 미소를 지었다.

"예, 그렇습니다. 그리고 가능하다면 여러분이 출진하기 전날에 무슨 일이 있었는지도 알고 싶습니다."

초지명의 눈꼬리가 결국 확 올라갔다. 그러나 이내 고개를 저으면서 말했다.

"휴우우, 너는 무림에 들어온 지 얼마 되지 않아서 본교와 정파인들 사이가 얼마나 적대적인지 몰라서 그런 소리를 하는 거다."

"이해는 됩니다. 잘은 몰라도 저기 있는 정파인들과 당신들은 서로 간에 불신이 깊다는 것을 어느 정도는 짐작해요. 지금처럼 함께하는 것이 매우 불편하다는 것도 압니다. 아주 긴 세월 동안 서로 척을 졌으니까 어쩔 수 없는 일이지요. 하지만…… 다시 말하지만 저는 여러분들처럼 진실을 알고 싶을 뿐입니다."

폭혈도가 콧방귀를 끼며 혼잣말처럼 중얼거렸다. 문제는 그 목소리가 매우 컸다는 점이었다.

"가증스럽군. 속으로는 우리의 분열에 쾌재를 부르고 있을 거면서."

귀혼창 역시 '쳇!' 하며 투덜거렸다. 물론 초지명도 짜증스러움을 얼굴에 드러냈다.

천류영은 입술을 지그시 깨물고는 정색했다.

"우리는 지금 손을 잡고 있는 것 아녔습니까?"

폭혈도도 허리를 펴고는 천류영을 쏘아보며 쇳소리로 사납게 대꾸했다.

"그 입 좀 닥쳐라. 네놈의 말 때문에 정신이 사납단 말이다!"

귀혼창도 천류영을 보며 말했다.

"네 의견이나 도움이 필요하다는 생각이 들면 말하겠다."

초지명 역시 매서운 눈빛으로 가세했다.

"무림서생, 네 의도를 우리가 모를 것이라고 생각하나? 너는 교주나 천랑대주의 생사를 확인하고 싶은 거겠지. 더 나아가 본교와 흑천련의 권력 지도에 대한 정보도 캐내고 싶은 것이고. 아닌가? 솔직하게 아니라고 말할 수 있나?"

천류영이 뭐라 대꾸도 하기 전에 다시 폭혈도가 외치듯 말했다.

"너와 여기 있는 놈들을 모조리 다 죽여 버리고 싶은 것이 지금 내 심정이다. 아니 세상 전부를 불질러 버리고 싶다. 네가 이해할 수 있는가? 내가 지금 얼마나 속이 타 들어 가고 있는지? 모른다, 절대 몰라! 그러니 제발 조용히 있어라. 만에 하나 네 두뇌가 필요할지 몰라서 너희들을 건드리지 않는 것뿐이야!"

또다시 귀혼창이 말을 받았다.

"우린 잠시 손을 잡은 거다. 그런데 네가 무슨 우리 상전이라도 되는 것처럼 착각하지 마라."

분위기가 험악해졌다. 그에 약간 떨어져 있던 독고설이 천류영 곁으로 다가와 더 불을 질렀다.

"무림서생은 우리의 사령관입니다. 당신들의 초조한 마음을 모르는 건 아니나 예를 갖춰 주세요."

독고설이 움직이자 조전후를 비롯한 호위들이 천류영 곁으로 바짝 붙었다.

그러자 용락산 앞 평야를 조사하던 마교도들이 눈을 빛내며 천류영 일행을 주시했다. 상황이 이러니 거리를 두고 떨어져 있던 정파인들도 긴장하며 각자의 병장기에 손을 살며시 가져다 댔다.

모두가 단전의 내력을 끌어 올리기 시작했다. 그러자 잠잠하던 공간에 투기(鬪氣)가 퍼져 나갔다.

초지명은 이러한 상황 변화를 훑고는 눈살을 찌푸리며 말했다.

"너희들과 싸우려는 건 아니다. 그러니 부탁하건데, 제발 가만히 있어라. 뭔가가 확실해지거나 의문이 생기면 무림서생, 네 의견을 청할 테니까."

질식할 것 같은 정적이 잠시 흘렀다.

천류영은 한숨을 한 차례 크게 뱉었다. 그리고 혼자 피식 웃었다. 그리고 그 작은 웃음이 이내 커졌다.

"푸후후. 대단들 하시군요. 하하하. 하하하하."

그의 폭풍 같은 웃음에 마교도들의 눈에 쌍심지가 켜졌다. 폭혈도가 발끈해 윽박질렀다.

"웃어? 지금 웃는 거냐? 누구는 억장이 무너지고 있는데 코앞에서 그따위로 웃어? 너는 지금 이게 재밌냐?"

그는 신형을 부르르 떨다가 천류영을 향해 발을 내디뎠다. 그러자 그의 신형이 빠르게 천류영에게 다가들었다.

차앙!

독고설이 검을 빼 들고 천류영 앞에 섰다.

"멈춰요."

조전후, 팽우종, 남궁수, 당혜미도 당장이라도 출수 준비를 마쳤다. 그들의 뺨으로 땀이 주르륵 흘러내렸다. 긴장으로 인해 목젖이 연신 꿀렁거렸다.

폭혈도는 이미 지척까지 접근해서는 눈을 부라렸다.

"뒈지고 싶지 않으면 비켜라."

천류영은 여전히 웃고 있었다.

"하하하, 하하하하."

조전후와 팽우종, 남궁수 그리고 당혜미가 천류영 앞으로 나와서 독고설 좌우로 섰다. 그러자 폭혈도는 어깨 너머의 칼 손잡이를 잡으며 윽박질렀다.

"너희들 사령관을 죽이려는 게 아니다. 그러니 비켜라."

독고설 역시 지지 않겠다는 듯이 흥분한 어조로 외쳤다.

"그럼 왜 다가온 거죠? 그렇게 서슬 퍼런 표정으로 말이죠. 당장 칼에서 손을 떼세요!"

"우리는 지금 비통해서 죽을 것 같은데 너희 사령관은 웃었다. 지금도 웃고 있고! 하긴…… 지금까지 웃고 싶은 것을 간신히 참았겠지. 너희들의 적인 우리가 이 모양 이 꼴로 분열한 것이 신나겠지. 그러나! 개돼지도 아니고 사람이라면 그래서는 안 되는 거다! 적어도 우리 앞에서는!"

독고설은 폭혈도의 신형에서 쏟아져 나오는 무형지기에 인상을 쓰며 외쳤다.

"마지막 경고예요. 물러서요!"

"제길, 안 죽인다니까! 다만 따귀라도 한 대 때려서 정신을 차리게……."

그의 말은 초지명에 의해 끊겼다.

"폭혈도, 그만하게."

폭혈도가 고개를 돌려 초지명을 보았다.

"흑랑대주님! 보시지 않았습니까? 무림서생이 우리를 보고 광소를 터트리는 것을! 지금 저놈은 우리를 도와준다는 핑계로 정보를 쏙쏙 빼먹을 생각만 하고 있는 겁니다. 본교와 흑천련의 분열이 어느 정도까지 심화될지 알고 싶어서 우리를 이용하고 있는 겁니다!"

그의 말을 귀혼창이 받았다.

"제 생각도 같습니다. 무림서생은…… 우리 대주님의 생사를 확실하게 파악하고 싶은 것뿐입니다. 아니, 죽음을 확인하고 싶은 거겠지요."

초지명도 둘의 생각과 크게 다르지 않았다. 그러나 지금 정파인들과 시비가 붙는 것은 어리석은 짓이기에 다시 만류하려고 했다.

그때 천류영이 웃음을 멈추고 다섯 명의 호위 앞으로 불쑥 나왔다. 그에 독고설이 놀라 기겁성을 터트렸다.

"어?"

다섯 호위가 경악하며 천류영을 잡으려는 순간, 천류영

이 양손을 좌우로 저으며 말했다.

"뒤로 물러나세요."

"하지만……."

"어서!"

고함이었다.

어찌나 큰 고함인지 근처에 있던 산새들이 놀라 날아갈 정도였다.

다섯 호위는 느닷없는 고함에 당황하며 머뭇거렸다.

호위가 뭔가? 보호하는 것이다.

그러니 물러날 수 없었다. 그런데 천류영의 고함이 너무 컸다. 단순히 소리만 큰 것이 아니었다. 그 음성엔 거부하기 힘든 묘한 힘이 있었다.

천류영이 다시 외쳤다.

"물러나라 했습니다."

"……."

"저들이 나를 우습게 여기니 여러분들도 제 말이 우습습니까? 제가 여러분들의 사령관이 맞습니까?"

그렇게까지 말하니 다섯 명은 서로 마주 보다가 고개를 절레절레 젓고는 천천히 물러났다. 물론 몇 걸음뿐이었지만.

그러자 천류영은 폭혈도를 향해 걸었다.

독고설이 놀라 손을 뻗으며 탄식처럼 말했다.

"천 공자, 위험……."

그녀는 말을 끝맺지 못했다. 바로 달려가더라도 너무 늦었다. 아니, 자신이 앞으로 뛰면 오히려 상대를 자극하는 꼴이 되어 버릴 것이다.

남궁수도 천류영의 돌발 행동에 입을 쩍 벌렸다가 기가 차다는 듯이 실소를 뱉고 말았다.

대체 얼마만 한 배포가 있으면 저런 행동이 가능한 것일까?

분노한 마교의 절정 고수 앞으로 무공이라고는 손톱만큼도 익히지 않은 사람이 저럴 수 있다는 것이 기가 막힐 따름이었다.

그의 귀로 팽우종이 답답하다는 듯이 중얼거리는 것이 들렸다.

"휴우우, 무식하면 용감하다지만 무림서생은 무식하지 않으니, 지금 이걸 대체 어떻게 해석하면 좋을지 모르겠군."

그 다섯 명의 호위만큼 떨어져 있던 정파인들도 놀랐다. 마교도들도 마찬가지였다.

그러나 단언컨대 가장 놀란 사람은 폭혈도였다.

폭혈도는 너무 황당해 실소를 뱉으며 눈살을 찌푸렸다.

호위 뒤에 숨어 있어야 할 놈이 이렇게 당당히 나올 줄은 전혀 예상 못한 것이다.

천류영이 폭혈도 바로 앞에 서서 입을 열었다.

"폭혈도! 천랑대 일조장!"

폭혈도는 실소를 삼키며 칼의 손잡이에서 손을 뗐다. 무공도 모르는 인물 앞에서 칼을 쥐고 있는 모습이 볼썽 사납다고 여겨진 것이다.

"뭐냐? 무림서생. 사과하려는 태도치고는 너무 불량하다는 생각이 안 드나? 지금 너희들 속내가 아무리 좋더라도 우리는 잠시나마 손을 잡은……."

그는 말을 잇지 못했다.

짜악.

천류영의 손이 허공을 갈랐고, 폭혈도의 고개가 옆으로 돌아갔다.

따귀.

사람들은 순간 얼어붙었다.

설마하니 천류영이 폭혈도를, 그것도 따귀를 때릴 거라고 생각한 사람이 과연 몇이나 있을까?

천류영은 일반인이다. 그리고 폭혈도는 절정 고수다.

무림에서는 결코, 아니, 절대 일어날 수 없는 일이 일어났다.

너무나 비상식적인 일이 일어나자 사람들의 머릿속은 곤죽이 되었다.

폭혈도는 고개가 돌아간 채로 피식 웃고는 침을 뱉었다. 너무 기가 막혀 당최 어떻게 반응을 해야 하는지 고민이 들 지경이었다.

천류영의 손이 다가오는 건 봤다. 아니, 보기 전에 알았다. 그의 팔이 그리고 어깨가 먼저 움직였으니까. 그리고 눈동자도 읽었다.

피하는 건 아주 쉬운 일이었다.

그런데…… 피하지 못했다.

거리가 가까워서가 아니다. 상상조차 못해서 그랬다. 손이 날아오는 것을 보면서도 '설마? 아니겠지'라고 뇌가 판단을 내려 버렸다.

만약 살기, 아니, 투기라도 있었다면 몸이 절로 반응했을 터인데, 놈이 워낙 약골이라 반응하고 말고 할 것도 없었다.

그렇게 찰나의 시간이 영원처럼 느껴지면서 흘렀다.

2

짧지만 지독하게 무거운 정적을 깬 건 빙봉이었다. 그

녀는 진저리를 치듯 몸을 한 차례 떨고는 빽 소리를 질렀다.

"발검!"

차아아아아앙!

떨어져 있는 정파인들이 검을 뽑는 소리가 허공을 울렸다. 그에 질세라 마교도들도 검을 뽑았다.

쏟아져 내리는 햇살이 칼에 튕겨 나가며 사방에서 번쩍거렸다.

그러나 움직이지는 않았다.

서로가 서로를 경계하며 천류영과 폭혈도를 주시했다.

일촉즉발의 상황.

폭혈도가 비릿한 미소를 지으며 돌아갔던 고개를 원위치 시켰다.

"크크큭, 무림서생, 네가 죽고 싶어 환장했구나. 감히 지금 나를……."

짜악!

다시 따귀.

그리고 천류영이 일갈했다.

"폭혈도, 당신 지금 뭐하자는 건가?"

천류영은 정말 분노한 표정으로 양 뺨을 부들부들 떨었다. 그의 시선이 초지명에게 향했다.

"흑랑대주, 당신은 또 뭔가? 겨우 이 정도밖에 안 되는 사람이었나? 대단히 실망스럽소."

귀혼창에게도.

"귀혼창! 천랑대 이조장! 지금 대체 당신들은 무슨 짓을 하고 있는 건가?"

차앙.

폭혈도의 붉은 환도가 뽑혀져 나왔다.

그 칼은 뽑히는 순간 벌써 천류영의 목에 거의 붙었다. 피부가 슬쩍 베어져 혈선이 생겼다.

천류영과 폭혈도의 눈이 허공에서 부딪쳤다. 순간 폭혈도의 눈동자가 흔들렸다.

코앞에서 본 천류영의 눈에는 당연히 있어야 할 두려움이 없었다. 끝을 알 수 없는 심해처럼 깊은 동공이 투명하게 빛났다. 동시에 노기가 줄줄이 흘러나오고 있었다.

순간 폭혈도는 자신도 모르게 한 발 물러나며 침음성을 삼켰다.

이 눈빛.

전혀 다르지만 예전에 처음 보았을 때, 비슷한 충격을 주었던 눈빛이 떠올랐다.

불처럼 뜨거웠던 안광을 지닌 사람.

천마검 백운회.

폭혈도는 자신도 모르게 입술을 꾹 깨물었다. 그의 눈가가 파르르 잔 경련을 일으켰다. 천류영이 다시 고함으로 물었다.

"당신이 정말 천랑대 일조장이 맞는가?"

추상과 같은 목소리.

듣는 것만으로도 한기가 느껴지는 듯한 착각이 일었다.

"무림서생, 너……."

"물었다. 그대가 천랑대 일조장이 맞는가?"

"정말 죽고 싶은……."

천류영이 그의 말허리를 베었다.

"당신에게…… 당신의 사령관인 천마검이 고작 이것밖에 안 되는 건가? 이런 상황에서도 정보를 지켜야 하느니 마니 따질 여유가 있다는 말인가? 당신들의 자존심이 천마검과 동료 수하들의 안위보다 더 중하단 말인가? 그런 건가?"

"……!"

"오랜 세월을 야전에서 같이 밥 먹고 함께 잠자면서 숱한 역경과 고난을 헤쳐 나간 이들이 어떤 상태인지도 모르는데! 지금 당신들은 고작…… 고작……."

천류영은 너무 흥분해서인지 주먹까지 부르르 떨며 말을 제대로 끝맺지 못했다. 그런 천류영의 외침은 마치 악쓰는 것처럼 들렸다.

모두가 이 믿기지 않는 광경 앞에서 숨소리조차 내지 못하고 천류영을 주시했다.

천류영은 깊게 숨을 들이마셨다가 뱉은 후에 조금은 누그러진 목소리로 말했다. 그렇다고 해서 노염이 완전히 풀어진 건 아니었다. 아니, 더욱 차갑게 느껴졌다.

"당신들 말대로 우리는 마교와 흑천련의 분열이 좋다. 하지만 그건 이미 벌어진, 피할 수 없는 상황이다. 그렇다면 현재 당신들이 해야 할 최선이 무엇인지 생각해야 하는 것 아닌가? 젠장. 이런 판국에 자존심은 뭐고 또 정보 따위가 뭐가 중요해!"

천류영은 붉은 환도를 흘깃 보고는 도신의 옆면을 팔로 쳐 냈다. 그러자 폭혈도는 입술을 꾹 깨문 채 칼을 회수했다. 차마 천류영의 눈을 마주 보지 못하고 고개를 옆으로 돌렸다.

천류영이 그런 폭혈도를 노려보며 말했다.

"날 죽이고 싶은가? 내 따귀를 때리고 싶은가? 당신은 바보인가? 그렇게 해서 분풀이를 하면 정말 속이 풀릴 거라고 믿는 거냐 말이다. 날 죽이고 여기 있는 모두와 한창 싸우고 시간을 허비하면 좋겠는가?"

"……."

"당신들이 알아낸 것을 나눠 달란 말이다. 나는 진심으로 당신들을 돕고 싶다! 그걸 모르겠나? 내 의도가 마교와 흑천련의 정보를 알아내고, 그 정보가 마교의 분열을 조장하는 데에 쓰일지라도, 지금 당신들은…… 당신들은 그런 것에 연연하면 안 되는 것 아닌가!"

"……."

"당신들은 천마검과 당신들의 동료, 수하만 생각해야 하는 것 아닌가? 함께 울고 웃었던 동료들이 아니었나? 생사를 함께한 전우였다면…… 그래야 되는 거 아니냔 말이다!"

폭혈도를 포함한 마교도들이 비통한 표정을 지었다. 그들의 고개가 조금씩 밑으로 떨어졌다. 정파인들도 천류영이 말하는 동료와 전우란 말이 심장에 박혀 입술을 꾹 깨물었다.

"당신들 동료를 구할 수 있다면, 동료들에 관한 조그마한 정보라도 얻을 수 있다면, 한마디 조언이라도 구할 수 있다면…… 지푸라기라도 잡아야지. 바짓가랑이라도 붙잡고 도와달라고 빌어야지. 그게! 진짜 사내고 진짜 무인이 아닌가?"

"……."

"폭혈도! 나는 지금 당신의 힘이, 당신의 칼이 고작 자존심과 분풀이 수단에 불과하냐고 묻고 있다. 절정 고수면 뭐하겠는가? 그 칼이 가야 할 곳을 모른다면! 당신에게, 사내의 그리고 무인의 의기(義氣)는 고작 힘자랑에 불과한 것인가?"

서서히 내려가던 폭혈도의 고개가 이젠 완전히 밑으로 떨어졌다. 그의 어깨가 잔 경련을 일으키며 부들부들 떨었다.

태어나 이런 모욕은 처음이었다. 그런데 화가 나기는커녕 서러워 눈물이 솟구칠 것만 같았다. 억지로 누르고 있던 대주님과 동료 수하들 생각에 가슴이 먹먹해졌다.

천류영은 그런 폭혈도와 초지명 그리고 귀혼창을 차갑게 일견하고는 돌아섰다.

"그대들의 뜻이 그렇다면 나는 여기서 빠지겠다. 내가 계속 있어 봐야 그대들은 눈치를 살피느라 아까운 시간만 더 허비할 테니까."

천류영은 성큼성큼 걸었다. 그러자 멍하니 있던 다섯 호위들이 그제야 정신을 차렸다.

모두가 다가오는 천류영을 보면서 마치 약속이라도 한 듯이 일시에 깊은 한숨을 토해 냈다. 그리고 또 약속이라도 한 듯이 동시에 피식거리며 묘한 실소를 흘렸다.

거대한 폭풍우가 지나간 느낌이었다. 그리고 그 폭풍우

의 주인공은 천류영이었다.

불쑥 남궁수가 중얼거렸다.

"저 녀석이 내 친구란 말이지. 후후후."

낮게 웃으면서 남궁수는 고개를 설레설레 저었다. 한때
는 비천한 놈이라 무시했다. 그러나 천류영은 능력을 보
였고, 그보다 중한 마음과 의지 그리고 실행력이 있었다.
자신이 잊었던 무인혼의 초심을 일깨워 줄 정도로.

그렇기에 아낌없이 친구로 삼을 수 있었다.

그런데 이제는…… 과연 자신이 저 녀석의 친구가 될
자격이 있을까, 라는 생각마저 들 지경이었다.

반면 독고설은 천류영이 자랑스러우면서도 강가에 내놓
은 아이처럼 불안했다.

할 말은 반드시 해야 하는 저 성격은 장차 무림에서 활
약해야 할 그에게 매우 커다란 위험 요소였다.

"휴우우, 목숨을 여벌로 가지고 다니는 것도 아닌데."

걱정이 해일처럼 몰려오는 독고설을 향해 천류영이 말
했다.

"사천 분타로 회군합니다."

독고설은 침통한 표정의 마교도를 훑고는 천류영의 얼
굴을 살폈다. 그녀가 보기엔 천류영의 안색도 마교도와
별 차이가 없어 보였다.

"예. 그런데…… 이렇게 가도 되겠어요? 풍운이도 아직 안 왔는데."

"무공도 무공이지만 경공은 누구에게도 뒤지지 않는 녀석입니다. 저도 걱정이 되긴 하지만 큰일은 없을 겁니다."

"저도 그렇게 생각은 해요. 그런데…… 정말 이대로 돌아가도 되겠어요?"

천류영은 고개를 저으며 쓸쓸하게 웃었다. 이 여인은 자신에 대해 너무 잘 알고 있었다. 만난 지 얼마나 되었다고.

그녀의 말마따나 더 진실을 알고 싶었다. 그리고 가능하다면 천마검이 살아 있다는 작은 단서라도 발견했으면 했다. 하지만 저들이 비호의적인 상황에서 자신이 무엇을 할 수 있겠는가. 실의에 찬 웃음이 절로 터졌다.

"하하하. 그럼 어떻게 합니까? 제가 착각했습니다. 적어도 천랑대의 장수라면 그리고 흑랑대주라면 흑도니 백도니 하는 것 이전에 상식이 있을 것이라 믿었습니다. 그리고 그 상식을 인륜(人倫)이 받치고 있을 것이라고 생각했습니다. 그런데 저들에게 동료애란 건 고작……."

천류영의 말을 폭혈도가 끊었다.

"미안하다."

천류영의 발이 멈췄다. 고개를 떨구고 있던 폭혈도가

이를 악물고 굵은 눈물을 한 방울 떨어트렸다.

"미안하다!"

"……."

"네 말이…… 아니, 당신의 말이 옳소. 너무 초조하고 미칠 것 같아서…… 실수했소. 자꾸만 불길한 생각이 들고, 그 생각이 점점 커져서 제대로 된 판단을 하지 못했소."

천류영은 고개를 들어 하늘을 보았다.

사실 맞는 말이다. 소중한 사람들이 모조리 사라져 버렸으니 제대로 된 정신을 유지하고 있다면 오히려 그것이 더 이상한 거겠지.

폭혈도뿐만 아니라 천랑대의 많은 이들이 그럴 것이다. 기껏 죽어라 달려왔건만 생사는커녕 행방조차 모르니 어찌 그렇지 않겠는가?

자신의 목숨과도 같은 사람들이 몽땅 증발해 버렸으니 그 심정이 오죽할까?

천류영은 다시 돌아서 폭혈도를 마주 보았다. 그러자 폭혈도가 천류영을 향해 말했다.

"도와주시오. 아니, 도와주십시오."

털썩.

폭혈도가 무릎을 꿇었다. 그에 정파인들이 대경해 눈을

부릅떴다.

절정 고수가 그것도 마교의 장수가 천류영에게 무릎을 꿇다니!

이 말도 안 되는 광경에 모두 숨이 막혔다.

그런데 정작 천류영은 담담했다.

"이제야 당신이 그 유명한 천랑대의 일조장으로 보이는군요."

초지명이 말했다.

"무림서생, 도와주시오. 부탁드리겠소."

귀혼창도 충혈된 눈으로 입을 열었다.

"사과드리겠습니다. 그러니 가지 마십시오. 아직 우리들이 약속한 한 시진이 다 지나지 않았습니다. 부디 도와주십시오. 대주님과 동료들의…… 생사라도 알 수 있게 도와주십시오."

귀혼창도 결국 눈물을 흘렸다.

그리고 마교도들도 모두 천류영을 향해 허리를 숙이며 외쳤다.

"도와주십시오!"

3

마교도들은 다시 조사에 들어갔다. 그들 중 몇몇이 습득한 것을 천류영 옆의 바위 위에 놓았다.

지금까지는 이런 것을 발견했다고 초지명을 비롯한 장수들에게만 전음으로 보고해 왔던 것이다. 아쉽게도 그것들 중에 아직까지 특이한 것은 없었다.

그리고 초지명은 출진 전날에 있었던 얘기를 풀어놓았다.

천마검이 무형지독의 진실과 당문세가에서 일어난 일로 분노하면서부터 생긴 일을.

그 얘기를 듣는 천류영은 담담한 표정이었으나 독고설을 비롯한 호위들은 속으로 혀를 내둘렀다.

천류영이 예상한 정황과 거의 일치했기 때문이었다. 물론 천류영은 일말의 가능성을 제기한 것에 불과했지만 듣는 사람 입장에서는 전혀 그렇게 들리지 않았다.

특히나 독고설은 소름이 돋을 지경이었다.

천마검 주변에 뛰어난 장수나 책사가 있다면, 소교주와 마불, 사혈강을 용서하라 건의를 할 것이라고, 천류영이 한 말이 족집게 예언이 된 것이기에. 천마검은 혁명을 위해 그 제안을 받아들일 것이라 예상했고 말이다.

폭혈도와 귀혼창은 싸운 흔적을 살핀 것에 대해 말했다.

"우리 대주님께서 거의 일방적으로 교주를 몰아붙인 것 같소."

말투가 처음과는 완전히 달라졌다.

이제 마교도들은 천류영을, 비록 정파인이지만 사령관으로서 존중해 주었다.

천류영의 눈동자가 흔들렸다.

"일방적으로라니? 정말입니까?"

"흔적만으로 유추하면 그런 것으로 보이오. 나무들이 찢기고 부러져 나간 건, 대주님의 절기인 천마패검술(天魔覇劍術)로 인한 것이니까. 물론 교주의 마뇌검(魔雷劍)의 흔적도 보이지만 많지 않소."

폭혈도는 불에 탄 듯 그을음이 있는 것을 가리키며 마뇌검의 흔적이라고 설명했다. 그리고 천마검의 천마패검술은 검과 충돌하는 부분이 터져 나간다고 말했다. 즉, 나무가 베어지는 부분이 매끄럽지 않고, 엉망진창으로 찢겨져 속살을 드러낸다는 뜻이다.

귀혼창이 끼어들었다.

"다만 우리 대주님은 여간해서는 천마패검술을 쓰지 않소. 내공을 많이 잡아먹으니까. 그래서…… 더 걱정이오. 상대가 교주라고는 하지만 상황이 그만큼 급박했다는 뜻이기도 하니까."

천류영이 답했다.

"그렇겠군요. 동감합니다."

귀혼창이 품속에서 하나의 천을 꺼내며 다시 말했다.

"그리고 산으로 오르는 길에서 이걸 발견했소."

"음, 천랑대의 복장에서 떨어져 나간 것이군요."

"그렇소. 나뭇가지에 걸려 찢어진 것이오."

천류영은 잠시 침묵하며 생각을 정리했다. 그 순간에도 몇몇 마교도들이 용락산 앞 평야에서 찾은 것을 가져다 놓았다.

천류영은 놓이는 것들을 물끄러미 보며 말했다.

"상황을 유추하기 전에 한 가지를 짚고 넘어가고 싶습니다. 섬마검 관태량이란 분이 인상적입니다."

초지명이 고개를 끄덕였다.

"문무를 겸비한 최고의 장수요. 천랑대주가 두각을 나타내기 전에는 본교에서 최고의 후기지수였소. 또한 천랑대주와는 달리 섬마검은 본교의 오대가문 출신이라 고위층과도 인맥이 두텁고. 그래서 소교주가 그렇게 섬마검을 탐냈었소."

천류영은 소교주와 섬마검에 대해 몇 가지를 더 물었고 초지명은 최대한 요약해서 답했다.

천류영은 고개를 끄덕이며 눈을 빛냈다.

"혹시 소교주가 천랑대주 자리를 원하지 않았습니까?"

폭혈도가 민머리를 쓱쓱 문지르며 말을 받았다.

"어? 그걸 어떻게 아셨소?"

"천랑대는 마교 외당의 최강 부대 아닙니까? 가장 많은 전공을 세울 수 있는 부대. 차기 교주 자리를 노린다면 탐낼 만한 자리지요."

"맞소. 소교주는 천랑대주 자리를 늘 원했소. 섬마검 부대주가 곁에서 도와주면 자신도 우리 대주님만큼 공을 세울 수 있다고 종종 헛소리를 지껄였죠."

"그렇군요. 그럼…… 일단 최악의 상황을 가정하더라도 싸우다가 죽지 않은 천랑대원들은 회유할 가능성이 높겠군요. 특히나 소교주는 섬마검을 꼭 그렇게 하고 싶겠네요."

초지명이 쓴웃음을 지었다.

"소교주 입장에서는 그렇겠지만, 섬마검이나 천랑대원들은 회유될 사람들이 아니오. 천랑대주님과 소교주는 그릇의 차이가 너무 크니까. 무엇보다 작금의 천랑대는 단순히 무력만 센 집단이 아니오. 천랑대주와 같은 꿈을 꾸는 단체지."

그 말에 천류영은 묘한 미소를 머금었다.

무림은 강자존의 세상이다. 특히나 마교는 힘이 절대선

인 집단이다. 그런 곳에서 천마검은 사람들에게 새로운 꿈을 역설했던 것이다.

말이 쉽지 그 과정이 얼마나 가시밭길이었을지 상상하는 건 어렵지 않았다. 무릇 기존 질서를 흔드는 사상은 언제나 탄압을 받는 법이니까.

천마검, 그였기 때문에 마교에서 그런 꿈을 꾸고 그것을 실현하기 위해 뚜벅뚜벅 걸어 나갈 수 있었던 것이리라.

그러나 그도 결국 역도태의 함정에 빠져 버리고 말았지만.

천류영은 짧은 상념을 마치고 말했다.

"승리했다면 회유할 방법은 많습니다. 예를 들면…… 천마검이나 섬마검을 인질로 삼고 죽이겠다고 협박하면 따를 수밖에 없지 않겠습니까?"

폭혈도와 귀혼창의 표정이 침울해졌다. 초지명 역시 한숨을 뱉고는 고개를 주억거렸다.

"그렇군요. 하지만…… 그렇게 해서라도 살아만 있다면 좋겠다는 게 솔직한 바람이오. 그럼 무슨 수를 써서라도 그들을 구출해 내고 말 테니까."

대화가 잠시 끊겼다. 용락산으로 올라갔던 마교도들 몇몇이 내려온 것이다.

그들은 초지명을 향해 부복하고는 말했다.

"산 정상 이후부터는 흔적이 거의 남아 있지 않아서 추적하는 데 애를 먹고 있습니다. 일단 우리도 뿔뿔이 흩어져 모든 방향으로 이동하며 뒤지고 있습니다만…… 쉽지 않을 것 같습니다."

초지명이 노골적으로 안타깝다는 한숨을 쉬었다. 진실을 알기 위해서 그리고 소진한 공력과 체력으로 인해 잠시 숨을 돌리기 위해서 이곳에 남았지만 흔적을 찾으면 바로 추격에 나설 생각이었던 것이다.

그 아쉬움이 수하를 다그치게 만들었다.

"시신들까지 쓸어 갔다. 마풍단을 포함하면 산 자와 죽은 자를 포함해 사백이 움직였을 터! 그런데 흔적 찾는 게 어렵다고?"

"예…… 죄송합니다."

"후우우, 너희들 잘못도 아닌데 죄송할 일은 아니지."

천류영이 안쓰러운 표정으로 초지명과 폭혈도, 귀혼창을 위로했다.

"추격을 생각하고 계신 것으로 압니다. 하지만 적어도 지금은 아닙니다. 현재 여러분들의 상태로는 쫓아가 봐야 어려울 겁니다. 지금은…… 급할수록 돌아가는 것이 맞습니다."

초지명은 입술을 꽉 깨물었다.

안다. 천류영의 말이 옳다는 것을. 하지만 이 답답한 가슴은 어떻게 해야 하는지.

눈치를 보던 수하가 고개를 조아리며 말했다.

"모두가 계속해서 열심히 흔적을 찾고 있습니다. 그런데 짐승들마저 곳곳을 엉망으로 뒤집어 놓아서 매우 곤혹스러운 처지입니다."

"짐승들?"

"예, 들개 무리인 것 같습니다."

그때 천류영 뒤에 있던 당혜미가 화들짝 놀라며 끼어들었다.

"들개 무리! 맞아요. 저희도 들개떼의 흔적을 봤어요!"

사람들이 눈을 치켜떴다.

천류영은 미간을 좁히며 물었다.

"정말이냐?"

"예. 시신을 찾으려 했는데 한 구도 못 봤잖아요. 그런데 곳곳에 개 발자국이 있었어요."

천류영은 어리둥절해하는 마교 장수들에게 자신이 소교주와 충돌한 지역을 당혜미가 지나가면서 살폈다는 것을 설명했다. 물론 빙봉에게 들었던 얘기도.

그러자 초지명이 황당하다는 표정으로 말했다.

"그러니까 그 말은…… 이곳에도 그 인육을 매매하는 집단이 들이닥쳐서 시신을 쓸어 갔다는 말이오? 그리고 그 개 발자국은 들개가 아니라 그들이 부리는 개들이고?"

폭혈도와 귀혼창도 기가 막힌다는 표정을 지었다.

간이 배 밖으로 나온 놈들이 아닌가?

천류영은 굳은 얼굴로 주변의 사람들을 훑고는 말했다.

"역시 그 집단은 단순히 인육을 사고 파는 단체가 아닌 것 같습니다. 그렇게 보기엔 너무 대담할 뿐 아니라 대단히 용의주도합니다."

폭혈도가 답답하다는 듯이 가슴을 치고는 물었다.

"그 집단이 어떤 단체인지는 나중에 조사해도 되지 않소? 지금 중요한 건 여기에서 싸움이 어떻게 진행됐는지, 또 우리 대주님과 본대의 생사 여부와 행방을 찾는 것이오."

천류영이 폭혈도를 빤히 보며 대꾸했다.

"그들은 단순히 시신만 수거한 것이 아닌 것 같아서 말입니다."

"……?"

"이 싸움에 그들도 개입한 것 같습니다."

"……!"

"자, 이제는 이곳에서 무슨 일이 있었는지 처음부터 유

추해 보도록 하지요. 그럼 여러분들이 진짜 추적해야 할
자들과 급히 해야 할 일을 알 수 있을지도 모르겠습니다."

4

천류영은 얘기를 시작하기에 앞서 빙봉과 정파인들을
근처로 불렀다. 그리고 마교도들에게도 더 이상의 조사는
필요 없을 것 같다고 말하고 주변으로 불러 모았다.

모용린이 천류영에게 다가왔다.

그녀를 따라 장득무나 화가연 그리고 당남우도 눈치를
보며 따라왔다.

두려움 보다는 호기심이 동한 것이다.

그리고 상황을 보아하니 이제 싸울 일은 없을 것 같기
도 했고 말이다.

모용린이 물었다.

"무슨 일이라도?"

"슬슬 결론을 내려야 할 때가 된 것 같아서요. 그리고
빙봉의 조언이 필요하기도 합니다."

"……?"

"음…… 그러니까 본격적으로 상황을 유추하기 전에 마
지막으로 확인할 것이 있어요. 빙봉께서는 천하에서 가장

많은 책과 기록들을 보셨고, 그 내용을 다 암기하고 계신 천재잖습니까?"

너무 노골적인 칭찬에 모용린이 당황하며 이맛살을 살짝 찌푸렸다.

"대체 무엇을 물어보려고 제 얼굴에 금칠을 하는 겁니까?"

"시신이 없는 것도 일치하는데, 들개의 흔적들도 같더군요."

영민한 모용린은 곧바로 상황을 간파했다.

"혹시 인육을 매매한다는 집단이 들개들을 부린다는 건가요?"

"아까도 말했지만 인육을 매매하는 집단이 아닌 것 같습니다. 그들은 이 싸움에 관여한 제 삼의 세력인 듯싶습니다."

모용린의 눈이 커졌다.

"시신을 훔쳐 가는 이들이 마교의 싸움에 직접 개입했다고 생각하는 건가요?"

"아직 확실한 건 모릅니다. 다만 저는 그렇게 보고 있습니다. 일단 시신 수거와 개를 부리는 집단의 공통점에 대해 혹시 아는 것이 있다면……."

천류영이 말을 마치기도 전에 모용린이 신음을 흘리며

말했다.

"이, 있어요. 하지만⋯⋯."

천류영이 눈을 빛내며 물었다.

"어딥니까?"

모용린은 입술을 우물거리기만 하고 말을 뱉지 못했다. 보다 못한 초지명이 말했다.

"말해 주시오."

모용린은 손바닥으로 이마를 짚으며 '설마.' 라는 말을 낮게 중얼거렸다. 그러나 이내 주먹을 불끈 쥐며 말했다.

"시신을 수거하는 목적이⋯⋯ 강시(殭屍)일 수도 있겠네요."

주변 이들의 눈이 찢어질 듯이 커졌다.

강시.

사람이 죽으면 혼백이 육신을 떠난다. 혼(魄)은 하늘로, 백(魄)은 땅으로 스며든다.

이 자연의 섭리를 역천의 사악한 주술로 백(魄)을 잡아 두는 것이다. 죽은 지 만 하루가 지나기 전이라면 가능하다.

죽었지만 죽은 것이 아니게 된 존재가 바로 강시다.

강시는 무림 고수라 할지라도 두려워하는데, 그 첫 번째 이유는 스스로 사고 능력이 없기에 두려움이 없고 고통을 느끼지 못하기 때문이다.

팔다리가 잘려 나가도 악착같이 공격하는 강시는 한때 세상을 공포의 도가니로 몰아넣었었다.

둘째로 강시가 공포의 대상이 된 이유는 특수한 약물 처리를 해서 상당히 단단한 육체로 진화했기 때문이다.

특히나 강시를 단숨에 죽이려면 백(魄)이 머무르는 장소인 머리를 부수거나 목을 베어야 하는데 그 부분에 더욱 공을 들여 마치 무쇠와 같았다.

그래서 초기의 강시와 달리 철강시라 부르며 구분하기도 한다.

이러한 강시는 삼백 년 전에 사라졌다.

중원 무림이 강시를 제작하는 배교(拜敎)를 무림공적으로 선포하고 대대적인 공격을 감행, 멸교시킨 것이다.

그때 중원 무림이 당한 피해는 이루 말할 수 없이 컸다. 강시를 포함한 배교의 숫자는 당시 일천이었다.

그들을 몰살시키기 위해 숨져 간 무림인의 인원은 일만 명이 넘었다.

배교(拜敎).

원래는 마교에서 떨어져 나간 집단이다.

그들은 무공보다 사악한 저주술, 환술, 주술, 기문둔갑, 강시 등 비(非)인륜적인 것에 파고들었다.

그 수법이 너무 패륜적이라 오백오십 년 전, 당시 마교의 교주였던, 고금천하제일인이라 추앙받는 천마가 그들을 내쳤다. 그렇게 쫓겨난 이들이 음지로 숨어들어 배교를 탄생시켰다.

그들이 계속 음지에서 연구를 거듭하여 철강시를 탄생시켰고 그 힘으로 천하를 어지럽히다가 무림공적으로 몰려 역사의 뒤안길로 사라진 것이다.

하지만 배교도들이 남긴 공포는 지금까지도 몇몇 노래나 전설, 민담 같은 것으로 전해지고 있었다.

천류영 역시 그 얘기를 어렸을 때 심심치 않게 들었었다.

무더운 여름날 밤에 배교의 강시만큼 더위를 잊게 하는, 효과적인 것은 없다고 해도 과언이 아니었다.

모용린이 창백해진 낯빛으로 말을 이었다.

"어렸을 때, 배교에 관한 책을 읽은 적이 있어요. 그들은 개와 까마귀를 주술로 조종할 수 있다는 기록이 있었지요. 물론 그전에 사로잡아서 며칠간 길들이는 과정이 필요하지만. 아니면 아예 죽여서 강시처럼 만들 수도 있고요. 강시견(殭屍犬), 강시오(殭屍鳥)라고 부르죠."

초지명은 아연한 표정으로 이를 갈았다.

"정말 배교가 맞다면? 그들이 부활한 것이라면? 교주

가 그들과 손을 잡았단 말인가?"

귀혼창이 고개를 저었다.

"설마? 아닐 겁니다. 교주가 아무리 미쳤어도 그런 짓을 하지는 않았을 겁니다. 배교는, 그들이 무너지기 전까지 본교의 최우선 척살 대상이었습니다. 만약 배교와 손을 잡았다면 본교의 모든 이들이 들고 일어날 겁니다."

폭혈도도 귀혼창의 말에 동의했다.

"배교라니? 그들이 부활했다는 것도 믿기 어렵지만, 설사 그렇다 하더라도 본교와는 결코 무관할 것이오. 배교는 정파인들도 싫어했지만 본교는 더 싫어했다고 알고 있소. 아주 끔찍하게!"

마교도들은 모두 말도 안 된다고 외쳤다. 지나친 억측이라는 게 그들의 반응이었다.

정파인들 역시 '설마 배교일까?' 라는 입장이었다. 하지만 점차 모두가 '혹시?' 라는 생각을 하기 시작했다.

왜냐하면 언제부터인가 죽은 시신들이 천하 곳곳에서 사라지고 있다는 빙봉의 추가 설명 때문이었다.

무엇보다 이곳에서 그 많은 이들이 움직였음에도 산 너머에서부터 흔적을 찾기 어렵다는 점이 걸렸다.

배교도들은 천하인들이 자신들을 얼마나 증오하는지 잘 알기에 추적을 피하기 위해서 흔적을 숨기는 데에는 타의 추종을 불허하는 실력을 가지고 있었다.

그때 당혜미가 눈치를 살피며 입을 열었다.

"혹시…… 아까 풍운 소협이 저 산에서 죽음의 기운이 느껴진다고 한 것이 배교를 뜻한 것이 아니었을까요?"

초지명의 눈이 화등잔만 하게 커졌다.

풍운.

천류영이 추적에 나선 몽추, 파륵, 마창에게 혹시 말총머리의 청년을 보게 되면 싸우지 말라고 신신당부한 고수다.

풍운이 싸우는 것을 직접 보지는 못했으나 얘기로는 들었다. 소뇌음사의 절정 고수인 아수라단주가 당문세가에서 그에게 허무할 정도로 맥없이 당했다는 것을.

"그가…… 그런 말을 했었소?"

당혜미가 고개를 주억거렸다.

"예."

그에 초지명은 용락산을 올려다보며 최대한 기감을 펼쳤다.

두근, 두근두근.

초절정에 입문한 그의 심장 박동이 갑자기 빨라졌다. 그리고 자신도 모르게 오만상을 썼다.

말로 설명하기는 어렵지만 괴이한 느낌이 엷게나마 흘러나오고 있었다.

정말 강시들이 저곳에 매복해 있었을까? 문제는 자신이 강시를 본 적이 없다는 점이었다.

"음……."

초지명이 신음을 흘리자 귀혼창이 물었다.

"뭔가 느껴지는 것이 있습니까?"

초지명은 입술을 꼭 깨물었다가 한숨과 함께 말했다.

"잘 모르겠어. 다만…… 지금껏 내가 경험하지 못한 역겨운 기운들이 조금 느껴지는 것 같아. 젠장, 진짜 배교라면? 음…… 아니야. 아무리 교주가 미쳤어도……."

천류영은 초지명을 향해 굳은 얼굴로 말했다.

"권력자들 중 적지 않은 이들은 자신의 기득권을 지키기 위해서라면 악마에게 영혼이라도 팔 수 있는 자들이지요."

초지명은 고개를 저었다.

"아무리 그래도 이건 교주에게도 너무 위험한 일이오. 명분이 없소."

"그 명분이란 게 대체 뭡니까?"

"그게 무슨?"

"대부분의 명분이란 건 말장난에 불과합니다. 자신의 이익을 지키기 위한 그럴싸한 포장이지요."

"……."

"그럼에도 교주는 당신들이 우려하는 것처럼 교도들의

반발을 예상했을 겁니다. 배교라면 아무리 그럴싸하게 포장하더라도 설득이 불가능하다는 것을."

초지명은 고개를 끄덕였다.

"그럴 것이오."

"그럼 다른 포장지로 감싸면 되겠지요. 그게 권력자들의 명분이라는 겁니다."

사람들의 눈가가 찡그려졌다. 폭혈도가 답답하다는 듯이 물었다.

"그건 무슨 말이오?"

"교주는 배교와 연합했다는 것을 앞으로도 계속 숨길 거라는 뜻입니다. 배교가 부활했다는 확실한 증거는 없으니까요. 물론 교주가 그들과 손을 잡았다는 것도. 지금 우리가 나누는 말은 그저 추정에 불과합니다."

"……."

"또한 이건 아주 거대한 음모의 시작일 수도 있습니다."

그 말에 모용린이 눈을 동그랗게 뜨고 물었다.

"거대한 음모라고 했나요?"

천류영이 고개를 끄덕였다.

"예. 만약 배교가 부활했고, 이곳에서 교주와 힘을 합쳤다는 가정이 맞다면…… 교주는 배교가 강호에 출도 했을 때 정파에 손을 내밀 수 있습니다. 공공의 적인 배교를 함께 치자고 말이죠."

"......!"

모용린을 비롯한 정파인들은 숨을 들이켰다. 기가 막힌 명분이 아닌가?

만약 그런 일이 성사된다면 마교도들이 안방에 무혈입성 할 수 있다는 말이다.

남궁수가 살짝 진저리를 치고는 말했다.

"상황이 사령관의 말처럼 흐른다면, 나름 다행이라는 생각이 드는군. 유비무환이라, 지금 사령관의 경고를 우리는 잊지 않을 것이고, 무림맹의 명숙들도 바보가 아니라면 마교주의 그런 제안을 받아들이지 않을 테니까."

정파인들 모두가 남궁수의 말에 고개를 끄덕이며 살짝 미소를 지었다. 천류영만 빼고는.

모용린이 안도의 미소를 짓다가 흠칫 몸을 떨었다.

"만약 알면서도 마교주의 제안을 받아들일 수밖에 없는 상황이 온다면?"

그녀의 혼잣말 같은 질문에 천류영이 쓴 미소를 지었다. 그 미소를 본 모용린은 입술을 꾹 깨물었다.

팽우종이 고개를 갸웃거리며 말했다.

"알면서도 그런 제안을 받아들일 리가 없지요. 더구나

정파 무림이 마교를 선선히 중원 땅에 들어오게 할 리가 없습니다. 그건 불가능한 일입니다."

"마교주는 교도들이 끔찍하게 싫어하는 배교와 왜 손을 잡았을까요? 단순히 권력을 지키기 위해서라기엔 너무 위험부담이 커요."

천류영이 끼어들었다.

"배교의 힘이 상상 이상이라면 모든 것이 가능해집니다. 정파의 힘만으로 막기 어려울 정도의 힘을 가졌거나, 막더라도 감당하기 어려운 피해가 예상된다면 말이죠. 그런 상황에서 마교주가 함께 공동의 적인 배교를 치자고 제안하면 뿌리치기 어려운 유혹이 될 겁니다."

팽우종은 이를 악물고 한숨을 삼켰다.

아무리 그래도 마교와 손을 잡는다는 것은 말도 안 된다고 주장하고 싶지만 천류영의 말은 설득력이 있었다.

천류영은 연신 침을 삼키는 이들을 보며 말했다.

"이 얘기는 여기까지 하죠. 어차피 증거가 없는 상황에서는 아무도 믿지 않을 무의미한 얘기일 뿐이니까. 그리고 지금은 더 시급한 일이 있지 않습니까?"

"……."

"그럼, 이제부터 이곳에서 있었던 일을 하나씩 파헤쳐봅시다."

모두가 가슴에 묵직한 바위를 얹은 채 고개를 끄덕였다.

"우선 명심해야 할 건, 앞으로 제가 할 말은 사실이 아니라 정황을 고려한 가정이라는 겁니다."

폭혈도가 냉큼 말을 받았다.

"알았소. 그러니 어서 얘기를 하시오."

천류영이 가정이라고 말했음에도 불구하고 폭혈도는 앞으로 이어질 이야기를 사실이라고 믿을 준비를 끝낸 상태였다. 왜냐하면 자신의 우상인 천마검이 극찬한 인물이니까. 그건 귀혼창도 마찬가지였다.

물론 초지명도 다르지 않았다. 왜냐하면 그는 천류영의 무서움을 몸서리치게 겪은 장본인이니까.

천류영의 말문이 열렸다.

"폭죽이 터진 시간을 고려하면 아마 천마검은 저와 겨루기 위한 출진 준비 중에 기습을 당했을 겁니다. 그리고 아마도 소교주 일행은 일부러 아침에 게으른 움직임을 보였을 겁니다."

대부분 사람들이 의아한 표정을 지었다. 남궁수가 물었다.

"그런 것까지 추정할 수 있는 건가?"

많은 이들도 남궁수처럼 황당한 표정을 지었다. 그러나

천류영은 별거 아니라는 표정으로 대꾸했다.

"간단해. 교주와 마풍단은 산에 매복하고 있었을 테니까. 그렇다면 소교주는 천랑대가 대오를 갖추기 시작한 후에 움직여야 하거든. 산을 앞에 두고 포위할 수 있는 자리에 말이지."

폭혈도를 비롯한 몇몇이 감탄의 기색을 가감 없이 드러냈다.

별거 아닌 것 같지만 당시의 움직임을 정황만으로 정확하게 추정하고 있다는 느낌이 짙어졌다. 천류영을 보는 마교도들의 눈과 표정에 신뢰가 충만해졌다.

당혜미가 불쑥 끼어들었다.

"소교주가 독을 썼을까요?"

역시 독을 전문으로 하는 당문의 여식다웠다. 또한 청성파가 당한 기억이 떠올라서일 수도. 천류영은 고개를 저으며 사람들에게 말했다.

"부대의 대소사를 부대주인 섬마검이 관리했더군요. 그리고 흑랑대주에게 들은 바로는, 그는 상당히 치밀한 사람입니다. 아마 그는 있을 수 있는 위험 요소를 사전에 차단하려 했을 것이니 소교주도 섣부른 행동은 하지 못했을 겁니다. 하고 싶어도 섬마검으로 인해 할 수 없는 상황이었다고 할까요?"

초지명이 말을 받았다.

"나 역시 무림서생의 말에 동감하오. 부대 관리에 관한 치밀함은 아직까지 섬마검 보다 대단한 사람을 보지 못했소."

당혜미가 어깨를 움츠리며 뒤로 물러나려는데 천류영이 물었다.

"왜 그런 생각을 했지?"

당혜미가 멈춰서는 답했다.

"아무리 마교주와 마풍단이 합세했다고 하더라도 천마검이 건재한 천랑대를 공격하기엔 무리가 있다는 생각이 들어서요. 비록 승기가 교주 쪽에 있다고 하더라도 왠지……."

천류영이 빙그레 웃고는 고개를 끄덕였다.

"잘했다. 나는 네 생각에 동의해."

"저, 정말이요?"

"그래. 왜냐하면 용락산 앞은 사방이 확 트인 평야야. 천마검과 천랑대가 마음먹고 한곳을 공략해 빠져나가려 했다면, 교주나 소교주 입장에서 그것을 막는 것은…… 아주 힘겹고 어려운 일이었겠지."

당혜미의 뺨이 발그레해졌다. 천류영이 자신을 칭찬한 것이 기분 좋은 것이다. 천류영은 사람들을 훑으며 말을 이었다.

"또한 일백 천랑대는 최정예인데, 적어도 아직까지 단한 명도 빠져나간 사람이 없어."

천류영은 초지명을 향해 물었다.

"이곳으로 오다가 본 천랑대원이 없다고 했죠?"

"그렇소."

천류영은 고개를 끄덕이며 심호흡을 했다.

"이 두 가지가 의미하는 건 천랑대는 빠져나갈 생각이 없었다는 겁니다. 포위를 당해 어려운 지경에 처했는데 천마검이나 천랑대는 왜 탈출이 아니라 싸움을 선택한 걸까요? 그것이 무모한 선택이라는 것을 알면서도."

"……."

"가장 확률이 높은 건 최초로 기습을 당한 사람이 천마검이라는 뜻입니다."

5

천류영은 이를 악무는 마교도들을 보면서 말을 이었다.

"물론 마교주가 나타나기 전에 그랬겠지요. 천마검이라면 마교주의 존재를 눈치채는 순간 모든 정황을 간파하고 경계했을 테니까. 어쨌든 천랑대는 기습을 당한 천마검을 지키기 위해서 탈출이 아닌, 항전을 선택했을 겁니다."

폭혈도가 이를 악물고 말했다.

"우리 대주님께서는 소교주 따위에게 그리 호락호락 당할 분이 아니오."

"마불이나 사혈강이 기습했을 겁니다."

폭혈도가 놀라 물었다.

"소교주가 아니라?"

"물론 소교주와 짜고 연극을 했겠죠. 천마검이나 섬마검 같이 철저한 사람마저 속아 넘어갈 수밖에 없는 연극이라면 뭐가 있을까요?"

모용린이 눈을 빛내며 끼어들었다.

"분열."

천류영이 검지로 모용린을 가리키며 고개를 끄덕였다.

"제 생각도 그렇습니다. 천마검에게 약점을 잡힌 마불과 사혈강은 일단 투항하는 척 했을 겁니다. 그렇게 궁지에 몰린 소교주가 가장 나중에 어쩔 수 없이 백기를 든다면 서로 으르렁거리기 딱 좋은 상황이지요. 원래 패자들이 말이 많은 법이니까. 그걸 보면서 천마검이나 섬마검은 어이없어 했을 겁니다. 그러면서 조금씩 자신들도 모르는 사이에 경계심이 엷어졌겠지요."

사람들은 천류영의 말을 들으며 전날과 이날 아침에 있었을 일이 머릿속으로 선명하게 그려졌다. 천류영의 말이 거침없이 이어졌다.

"동시에 천마검 입장에서는 매우 짜증이 났을 겁니다. 못 본 척 하자니 기껏 자신의 편으로 끌어들인 마불과 사혈강, 더 정확히 말하면 앞으로 포용해야 할 흑천련의 세력을 방관하게 되는 것이고, 끼어들자니 애들 싸움 말리는 것 같아 유치하기도 했을 테니까요."

경청하는 모든 이들이 연신 고개를 끄덕였다.

"천마검은 특히나 저와의 일전을 앞둔 상태라 설레면서도 긴장을 하고 있었을 겁니다. 저도 그랬거든요. 그러니 천마검은 질질 끌기보다 담판을 선택했을 겁니다. 소교주와 마불, 사혈강을 한자리에 끌어 모았겠죠. 그리고 그 자리에서 소교주를 겁박했을 테고요."

모용린이 말을 받았다.

"그 순간 마불이나 사혈강이 천마검을 배신했겠군요."

"아마도. 소교주가 반발하면, 그것도 아주 강하게 말입니다. 그럼 자연스럽게 모든 이들의 이목이 소교주에게 집중되겠지요. 그때 마불이나 사혈강이 천마검 근처에 있었다면 기습하기에 완벽한 여건이 갖춰집니다."

정파인들은 계속해서 눈에 보이는 듯 설명하는 천류영을 향해 감탄했다. 반면 마교도들은 천류영의 얘기에 몰입해서는 분노로 몸을 부르르 떨었다. 그런 가운데 천류영의 말이 이어졌다.

"그렇게 보면 소교주도 보통 인물이 아니란 것을 짐작할 수 있습니다. 교주의 지시를 받았는지도 모르겠지만 아주 치밀한 준비를 한 겁니다. 천마검을 속일 정도로 말이죠. 그런데…… 그렇게 준비한 기습에서 천마검은 구사일생으로 죽지 않았습니다."

창백해졌던 폭혈도의 안색이 바로 회복됐다.

"우리 대주님께서 죽지 않았단 말이오?"

천류영은 자신이 하는 말을 폭혈도가 가정이 아니라 실제 상황이라 확신하는 말투에 자못 당황스러웠다. 그러나 이내 고개를 끄덕이며 답했다.

"당연한 것 아닙니까? 천마검과 교주가 싸운 흔적을 지금까지 함께 보시고는."

"아! 그렇지. 맞소."

확실히 폭혈도는 천류영의 말에 너무 몰입해 있었다.

"굳이 그 흔적이 없다고 해도 짐작할 수 있습니다. 천마검이 죽었다면 천랑대는 시신을 포기하고 탈출하는 것이 맞지요. 부대주인 섬마검이라면 분명 그런 선택을 했을 겁니다."

"하지만……."

폭혈도가 말을 잇지 못하고 흐리자 천류영이 이해가 간

다는 표정을 지었다. 아무리 죽었더라도 천마검은 천마검이었다. 저들의 우상.

천마검의 시신이라 하더라도 포기하고 싶은 생각이 들지 않을 수도 있었다.

"제가 전해 들은 섬마검은 현명한 자입니다. 천마검을 뒤따라 허무하게 죽는 것보다는 탈출해서 여러분들과 합류해 복수를 노리는 게 맞아요. 물론 청성산에도 자세한 내용을 알리기 위해서 전서구를 띄울 테고."

"……."

"섬마검은 귀교의 오대가문 출신이라고 했습니다. 그러니 빠져만 나간다면 복수의 희망이 있습니다. 고위층과의 인맥이 많으니 이러한 사실을 전서구로 알려 반격할 준비를 갖추는 게 맞습니다. 그런데도 섬마검이 시신을 지키기 위해 함께 죽는 것을 선택할까요?"

그제야 폭혈도가 고개를 주억거렸다.

"알겠소. 어쨌든 우리 대주님은 사셨다는 말이군. 내 그럴 줄 알았어!"

그런 폭혈도를 천류영은 물끄러미 보다가 고개를 돌렸다. 그의 눈에 조전후가 들어왔다.

왠지 성격이 비슷한 것 같다는 느낌.

조전후가 왜 자신을 보냐고 눈으로 묻자 천류영은 다시

앞을 보며 말했다.

"아주 처절한 싸움이었을 겁니다. 그건 마교주가 천랑 대와 맞먹는다는 마풍단을 이끌고 왔음에도 불구하고 천 마검과 마교주가 이 주변을 이리 망가뜨린 것을 보면 짐 작할 수 있지요."

초지명이 고개를 주억거리며 말했다.

"나는 그 점은 긍정적으로 생각하오. 왜냐하면 천랑대 주가 마교주를 몰아붙였으니……."

천류영이 고개를 저으며 말을 끊었다.

"아까 귀혼창 이조장이 말하지 않았습니까? 공력을 너 무 많이 소진해 어지간하면 쓰지 않는 무공이라고. 즉, 상 황의 급박함을 뜻하는 겁니다."

"……."

"기습을 당한 천마검. 그리고 그 천마검을 지키기 위해 남은 천랑대. 여기에서 우리가 파악할 수 있는 건 천마검 의 부상이 상당히 심각했다는 점입니다."

폭혈도가 미간을 찌푸리며 반박했다.

"하지만 이렇게 엄청난 공격을 퍼부었는데? 부상이 중 했다면 이런 공격을 할 수 있을 리가……."

"부상이 크지 않았다면 포위를 뚫고 나가는 것이 맞습 니다."

폭혈도는 한숨을 쉬며 고개를 주억거렸다.

"음, 그렇군."

그는 천류영의 말 한마디에 십 년은 늙었다가 다시 젊어졌다를 반복했다.

천류영은 그런 폭혈도의 마음이 느껴져 가슴이 쓰라렸다.

초지명이 초조한 표정으로 요구했다.

"계속 추론을 해 주시오."

천류영이 고개를 끄덕이고 한숨을 한 차례 깊게 내뱉었다가 말했다.

"천마검은…… 죽으려고 한 것 같습니다."

"……!"

"살아남은 수하들이라도 살리기 위해서 가지고 있는 공력과 체력 그리고 정신력까지 모든 것을 쏟아부은 거죠."

"……."

"그리고 천랑대는 그런 천마검을 지키려고…… 마찬가지로 모든 것을 쏟아 냈을 겁니다. 죽는 순간까지. 그렇게 아주 처절한 싸움이 이곳에서 펼쳐졌다고 생각합니다. 예. 몇 가지 단서만으로 추정하고 있지만 그럴 공산이 가장 큽니다."

폭혈도가 '큭!' 하더니 기어이 눈물을 쏟아 냈다.

천류영의 말만으로도 그 상황이 떠올라 울컥해 버린 것

이다.

대주님, 관태랑 부대주, 수라마녀, 마령검 그리고 새끼 같은 많은 수하들이 하나씩 쓰러져 갔을 생각을 하니 숨 쉬는 것조차 힘겨울 지경이었다.

그뿐만 아니라 주변 마교도들의 눈에도 습막이 맺혔다.

정파인들도 입술을 꾹 깨물었다.

아무리 마교도라고 하지만 무사와 무사, 상관과 부하, 동료와 동료들 간의 끈끈한 정이 가슴을 먹먹하게 만들었다.

아픈 시간이 천천히 흘러갔다.

천류영은 그들을 보며 자신의 가슴이 무너지는 듯한 기분이 들었다.

천마검 백운회.

어렸을 때 인연을 가졌고 다시는 그를 만날 일이 없을 것이라고 생각했다. 그저 팍팍한 생활 속에서 바람 따라 흘러 들어오는 그의 소문을 들으며 혼자 피식거리며 웃곤 했었다.

'역시 대단한 사람이야!' 라고 중얼거리며.

일종의 대리만족이었다.

자신도 큰 꿈을 꾸며 그처럼 당당하게 살고 싶었다. 하지만 현실은 각박했다. 먹고 사는 것에 급급해 아무것도 할 수 없는 처지에서 오는 슬픔을 잊기 위해서 천마검을 동경했다.

그러다가 독고설을 만나고 전혀 생각지도 못한 자리에서 그와 조우했다. 천류영은 운명이 비틀린 것을 안타까워하면서도 그 자리에서 그를 향해 말했다. 형님이라고 불러도 되냐고.

팽우종이 짧은 정적을 깨고 입을 열었다.

"사령관. 그럼 천마검과 천랑대의 저항이 거세서 배교가 등장한 것이오?"

그의 말에 모든 이들이 각자의 감정을 수습하며 다시 천류영을 주시했다.

천류영은 옆에 있는 바위를 보았다. 그곳엔 마교도들이 수거한 것들이 놓여 있었다.

그는 그것을 가리키며 말했다.

"적어도 우리가 찾아낸 것에서 배교의 흔적은 아직까지 찾을 수 없습니다."

팽우종이 고개를 갸웃거리며 물었다.

"하지만 사령관은 아까 배교의 개입을 거의 기정사실화하지 않았소?"

"큰 그림을 그릴 때에는 어떤 단서가 보여 줄 수 있는 모든 가능성에 대해 상상하는 것이 좋다고 생각합니다.

하지만 지금의 경우는 다릅니다. 작은 그림 조각의 단편을 맞추는 과정이니까요. 저는 일단 드러난 증거만 가지고 추정하는 것이 맞다고 생각합니다."

"……."

"개인지 강시견인지 모를 짐승의 흔적은 산 위에서만 발견되었습니다."

모용린이 말을 받았다.

"맞아요. 그건 우리가 산에 올라가 확인하고 결론을 내려도 늦지 않다고 생각해요."

천류영은 고개를 끄덕이며 주변을 천천히 훑었다. 그리고 몸을 돌려 산으로 올라가는 길을 올려다보았다.

그를 따라 모두가 시선을 쫓았다.

천류영은 귀밑머리를 긁적거리다가 말했다.

"제 생각으로 천마검과 교주의 대결에서의 승자는……."

그의 말에 많은 이들이 숨을 멈추고 귀를 쫑긋 세웠다.

"심각한 부상을 입었음에도 불구하고 천마검이 이긴 것 같습니다."

순간 폭혈도와 귀혼창이 주먹을 불끈 쥐었다. 아니, 대부분의 마교도들이 다 그렇게 반응했다.

또한 모용린을 비롯해 독고설, 팽우종, 남궁수 그리고 초지명은 이미 짐작하고 있었다는 듯이 고개를 끄덕였다.

다만 조전후는 조심스러운 표정으로 고개를 갸웃거리다
가 물었다.

"왜 그렇게 생각하는 거지?"

"마교주가 스스로 물러났을 가능성이 크니까요. 중한
부상을 입은 천마검을 어렵지 않게 이길 수 있다고 착각
한 마교주는 싸우면서 곧 오판이라는 것을 알았겠죠. 아
니, 거세게 몰아치는 천마검의 공격에 자칫 죽을 수도 있
다는 위협마저 느꼈을 겁니다."

"하지만 명색이 마교의 교주인데 자존심이……."

그가 말을 흐리자 천류영이 빙그레 웃고는 말했다.

"아마 무림맹주와 공개적인 장소에서 싸웠다면 자존심
이 중요했겠지요. 하지만 그는 비밀리에 이곳에 왔습니다.
그리고 시간을 끌면 끌수록 부상이 심각한 천마검은 불리
해집니다. 그런데 목숨의 위협을 느끼면서까지 자존심을
세우겠습니까?"

조전후가 피식 웃었다.

"그렇군. 마교주가 여기서 죽는다면 정말이지 개죽음보
다 못할 테니까."

"예. 그래서 그는 물러났을 겁니다."

"하지만 분노한 천마검이 물러나는 마교주를 그냥 방관
할까?"

그의 의문에 적지 않은 이들이 고개를 끄덕이며 동의한다는 표정을 지었다.

"살 길을 열어 주면 됩니다."

"살 길을?"

"예. 그때까지 살아남은 천랑대원들이 빠져나갈 길을 열어 주면 천마검은 수하들을 살리기 위해 복수를 미루지 않겠습니까?"

"아! 맞아. 그렇겠군. 그럼…… 그 살 길이라는 것이 용락산인가?"

조전후가 산으로 올라가는 길을 보며 말하다가 깜빡했다는 듯이 손뼉을 치고 말을 이었다.

"그렇지. 아까 귀혼창 이조장이 천랑대의 찢어진 무복을 산으로 올라가는 길의 나뭇가지에서 발견했지!"

천류영이 답했다.

"예. 그러니 우리도 이 길을 따라 올라가 보죠."

천류영을 비롯한 정파의 후기지수들과 마교의 세 장수는 산길을 따라 걸었다. 그리고 나머지 정파인들과 마교도들은 길옆의 나무 사이를 헤치며 주변을 살폈다.

천류영은 선두에서 산을 오르며 당시의 상황을 상상했다.

거친 호흡을 터트리며 천마검과 그 수하들이 피투성이

가 된 채 이곳을 올랐을 것이다. 그리고 그 뒤를 마교주와 소교주 일행이 약간의 거리를 두고 따랐을 것이고.

곳곳에서 개나리와 진달래가 작은 군락을 이루고 꽃봉오리를 활짝 펴고 있었다. 겨우내 헐벗었던 나무들도 찬란한 신록의 계절을 준비하기 위한 연둣빛 새순을 돋아내는 중이었다.

이 아름다운 광경의 곳곳에서 검게 변한 피가 보였다. 피로 절은 손으로 나무를 잡았을 것이다. 뚝뚝 떨어지는 핏물이 대지와 꽃과 풀에 흘렀을 것이다.

뒤에서 천천히 다가오는 악마들을 피하기 위해서 천마검과 천랑대원들은 서로를 독려하며 이 산을 올랐을 것이다. 아프고 지쳤음에도 서로를 안심시키기 위해 억지로 미소를 지었을 것이리라.

최후의 순간에는 자신이 남아 추적자들을 막고 상대를 빼낼 생각을 하면서.

산 중턱에 다다르자 천류영은 숨이 가빠졌다.

그러나 그는 이를 악물고 묵묵히 걸었다. 천마검과 천랑대원들은 위중한 상태에서도 이 험한 산을 뛰었을 것이다.

가끔 마교도나 정파인들이 외치는 소리가 들렸다. 그건 모두 천랑대의 찢어진 무복을 찾았다는 말이었다.

그 외에는 아무도 말이 없었다.

마교도들은 지금 천류영이 겪는 감정을 더 진하게 느끼는 중이었다. 그 분위기에 압도된 정파인들도 침묵할 뿐이었다.

그리고 마침내 모두가 용락산의 정상에 올랐다. 두 명의 마교도가 침통한 표정으로 있다가 마교의 장수들을 보고는 고개를 숙였다.

정상의 풍경만 보면 돌산에 가까웠다. 거대한 바위들이 연이어 붙어 있었다. 그리고 그 바위 위로 피가 사방에 뿌려져 있었다. 그런데 특이한 것은 곳곳의 피가 마치 걸레로 문지른 것처럼 번져 있다는 점이었다.

사람들은 그것을 보며 배교일지 모르는 이들이 뭔가 흔적을 지운 것이라고 생각했다.

바람이 피비린내를 모두 쓸어 갔는지 공기는 시원했다. 그리고 앞으로 펼쳐진 너른 초원과 몇 개의 산들이 가슴을 탁 트여지게 만들었다.

그러나 아무도 환한 표정을 짓는 사람은 없었다.

주변의 풍광이 너무 밝고 시원해 오히려 더 가슴이 무거워졌다.

천류영은 소매로 이마의 땀을 훔치고는 왼쪽 옆에서 조용히 따라온 초지명과 폭혈도, 귀혼창에게 말했다.

"이 이후로 흔적이 없다는 것은 사실상 이곳에서 싸움

이 끝났다는 뜻이겠지요."

초지명이 계속 주변을 훑으며 입을 열었다.

"결국 그렇게 된 건가?"

무엇이 그렇게 된 것인지 말하지 않았다. 그러나 모두
가 그가 말한 의미를 모르지 않았다.

폭혈도가 다시 눈물을 뚝뚝 흘렸다. 이를 악물고 소리
를 꾹꾹 삼키며 오열했다. 귀혼창이 넓은 정상을 이리저
리 뛰어다니며 혹시라도 있을 흔적을 찾아다녔다.

천류영은 옆의 초지명과 폭혈도를 보며 말했다.

"천마검과 살아남은 천랑대원들은 이곳에서 무엇을 보
았을까요?"

"……."

"희망이 아니라 절망이었겠지요?"

마치 자신들처럼.

혹시나 하는 실낱같은 희망을 품고 산을 올랐지만 정상
에 있는 핏자국을 보니 절망만 몰려들었다.

천류영이 스스로 던진 질문에 답했다.

"그럼에도 나는 아직 천마검이 살아 있을 것이라고 믿
습니다."

그건 진심이었다.

왜냐하면 천마검은 그 어린 나이에도 숱한 사지에서 살

아 돌아왔으니까. 아무리 생각해도 천류영은 천마검이 죽는 모습을 상상할 수가 없었다.

그래서 천류영은 풍운이 아직까지 돌아오지 않는 점에 대해 슬슬 걱정이 되면서도 한 가닥 기대를 품었다.

혹시 풍운이 뭔가 흔적을 찾아내 쫓고 있을 가능성이 있다는 뜻이기도 했으니까.

초지명이 마침내 입술을 뗐다.

"배교라고 확신하는 건가? 그들이 이곳에 오른 천랑대주와 천마검을 덮쳤다고 생각하는 건가?"

"저는 그럴 확률이 높다고 생각합니다. 물론 정말 배교인지는 앞으로 더 시간을 두고 계속 조사해야겠지요. 하지만 이곳에서 천마검과 천랑대는 매복하고 있던 또 다른 적을 만났습니다."

"왜 그렇게 생각하지? 사방에 뿌려져 있는 피 때문에? 교주가 쫓아와 여기에서 싸움이 재개된 것일 수도 있잖나? 그리고 어쩌면 천랑대주는 다시 물리쳤을 수도 있잖나?"

천류영은 초지명의 눈을 직시하며 말했다.

"흑랑대주님답지 않으십니다. 이제는 답을 알고 계시지 않습니까? 제가 굳이 말해야 합니까? 제가 이제 할 수 있는 건 여러분들이 어떤 선택을 하는 것이 가장 좋을지에 대한 조언 정도입니다."

초지명의 검미가 꿈틀거렸다.

그렇다.

자신도 답을 알고 있다.

교주나 소교주가 시신을 모두 수거할 이유는 없었다. 또한 어디로 갔는지 흔적을 지울 까닭도 없었다. 애초에 그런 걸 해 본 적도 없는 위인들이다.

무엇보다…… 이곳을 빠져나가 살았다면 분명 자신들을 향해 왔을 것이고 마주쳤을 것이다. 지금쯤이면 어떻게든 연락을 취했을 것이다.

연락을…….

그 순간 초지명의 눈이 휘둥그레졌다.

"아!"

자신도 모르게 탄성이 흘러나왔다. 그에 소리 죽여 오열하던 폭혈도가 충혈 된 눈으로 초지명을 보고는 이내 그의 시선을 쫓았다.

그리고 그 역시 갑자기 고함을 빽 질렀다.

"으아아아아!"

황금빛 비둘기.

금광구가 창공에서 이곳을 향해 날아오고 있었다.

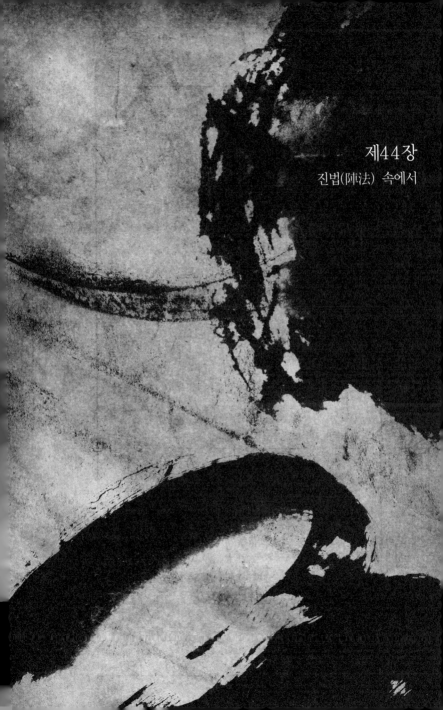

제44장
진법(陣法) 속에서

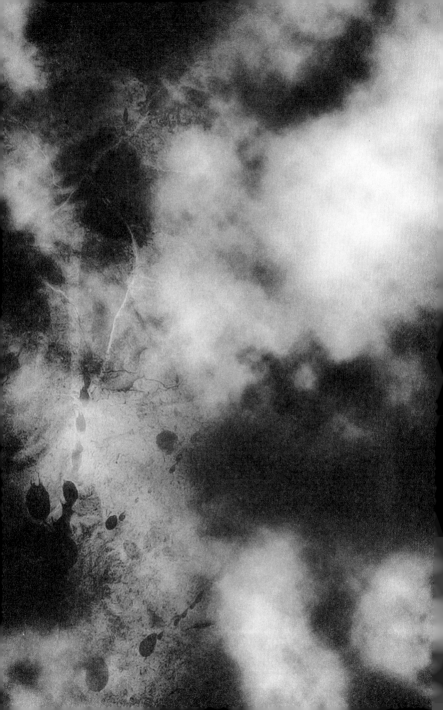

1

정파인들은 말로만 듣던 금광구를 보며 눈을 휘둥그레 떴다.

"저 영물이 금광구구나!"

"정말 비둘기 맞아? 덩치로는 매 못지않은데?"

많은 정파인들이 신기한 표정으로 숙덕이는 가운데 마교도들은 초지명과 폭혈도를 주시했다. 귀혼창 역시 금광구를 보고는 한달음에 옆으로 달려왔다.

폭혈도는 긴장한 얼굴로 전통에서 쪽지를 꺼냈다. 그리고 한 차례 심호흡을 하고는 돌돌 말려 있는 종이를 폈다.

폭혈도뿐만 아니라 내용을 함께 본 초지명, 귀혼창의 눈동자가 동시에 흔들렸다. 얼굴도 마찬가지로 잔뜩 일그러졌다.

천류영은 그들을 묵묵히 바라보다가 입을 열었다.

"내용을 알려 주실 수 있습니까?"

폭혈도는 입술을 꾹 깨물고 초지명을 보았다. 그러자 초지명이 고개를 끄덕이며 말했다.

"상관없겠지."

그의 음성엔 비통함이 물씬 묻어 나왔다.

폭혈도는 작은 쪽지를 천류영에게 넘겼다. 암호가 아닌 한 글자가 피로 적혀 있었다.

피(避).

피하란 말이다. 도망가란 뜻이었다.

천마검이 자신의 피로 급히 쓴 한 글자는 절망을 뜻했다. 왜냐하면 도움을 요청하는 것이 아니기 때문이었다. 실낱같은 희망이라도 있었다면 지원을 요청했을 터다.

천류영은 모용린에게 쪽지를 보여 주고는 다시 폭혈도에게 돌려주면서 말했다.

"천마검은…… 당신들이 추격에 나서지 않기를 원했

군요."

모용린이 말을 받았다.

"이곳에 있는 전력으로는 그들의 힘을 감당할 수 없다고 판단한 거겠지요."

마교도들은 대꾸하지 않았다. 금광구를 보며 혹시나 했던 기대감이 물거품이 된 현실에 망연자실한 것이었다.

모용린은 그들을 보며 망설이다가 입을 열었다.

"이제 당신들은 평생 쫓기게 될 겁니다. 그럴 바에야 정파로 귀순하지 않겠습니까? 만약 내 제안을 받아들인다면 나는 최선을 다해서……."

초지명이 눈살을 찌푸리며 그녀의 말허리를 끊었다.

"빙봉, 입을 함부로 놀리지 마라. 지금 우리가 일시적으로 손을 잡았다고 해도…… 너희와 우리는 가는 길이 다르다."

무척이나 서슬 퍼런 말투.

어지간한 강심장을 가진 사람이라도 움찔할 만한데 모용린은 오히려 혀까지 차며 차갑게 대꾸했다.

"현실을 직시하라는 조언을 드리고 싶군요. 마교주는 당신들을 버렸어요. 지금까지 당신이 믿었던 세상이 바뀐 거란 말입니다. 그렇다면 당신들은 마교와 흑천련의 내부 정보를 우리에게 넘기고 우리는 당신들을 보호해 주는 상

부상조의 새로운 관계를⋯⋯."

초지명이 다시 그녀의 말을 끊었다.

"그래서 본교의 정보를 팔아 목숨을 구걸하라는 말이냐? 무인의 자존심을 욕되게 하지 마라. 우린 무사지 비겁한 밀고자 따위가 아니다."

모용린은 어이없다는 기색으로 물었다.

"밀고자? 아직도 본교라는 말이 나오나요?"

그녀가 던진 질문은 마교도들의 가슴에 송곳처럼 파고들었다. 그들도 이제 뼈저리게 느껴졌다.

자신들은 이제 소속이 없어졌다는 것을. 토사구팽 당했음을.

모용린은 침통한 마교도들을 가볍게 훑고는 천류영을 보았다. 천류영은 그녀가 눈빛으로 말하는 것을 읽었다.

황당한 일이지만 이곳의 마교도들은 천류영에게 호의적이었다. 그러니 직접 나서서 설득해 달라는 것이었다.

천류영은 귀밑머리를 긁적거리다가 고개를 저었다.

흑랑대주나 천랑대의 조장들이 귀순할 가능성은 거의 없다고 여겨진 것이다.

왜냐하면 아직 천마검이 살아 있었다.

그 증거는 금광구였다. 금광구는 주인과 영적으로 통하는 영물이다. 그렇기에 주인이 죽으면 따라 죽는다고 알려져 있다.

그것을 알기에 초지명이나 폭혈도, 귀혼창은 마지막 희망의 끈을 놓지 않고 있었다. 이들이 마지막 희망을 포기하고 정파에 귀순할 리 없었다.

물론 모용린이 그것을 모르고 이들에게 그런 제안을 한 건 아닐 것이다.

모용린은 무림맹의 책사로서 냉정한 판단을 한 것이다. 천마검이 아직은 살아 있더라도 결국 죽게 될 것이라 확신한 것이다.

초지명은 빙봉을 쏘아보다가 이내 천류영에게 고개를 돌리고는 무겁게 입을 열었다.

"우리의 동행은…… 여기까지인 것 같소."

"결국…… 교주를 추격하실 겁니까?"

초지명은 고개를 끄덕였다. 아니, 그뿐만 아니라 마교도 전체가 동시에 고개를 주억거렸다.

그 모습에 천류영은 가슴이 짠해졌다. 이들은 죽음의 문으로 들어가려는 것이었다.

"어디로 이동했는지 아직 흔적도 찾지 못하지 않았습니까?"

귀혼창이 끼어들었다.

"교주가 이동할 길은 뻔하니까. 결국 본교로 향할 터!

우린 그 길목을 노리면 되오."

천류영이 고개를 저으며 한숨을 뱉었다. 모용린이 끼어들었다.

"당신들은 정말로 천마검과 동료들을 구출하고 마교주를 잡을 수 있다고 생각하는 건가요?"

폭혈도가 주먹을 쥐며 말을 받았다.

"지더라도, 그래서 죽더라도…… 그래도 갈 수밖에 없소. 우리는."

모용린은 예의 차가운 눈빛으로 대꾸했다.

"그렇게 죽기를 원한다면 말릴 생각은 없어요. 우리와는 상관없는 일이니까. 하지만 그래도 할 일은 하고 움직여야 하지 않나요?"

폭혈도가 고개를 갸웃거렸다.

"할 일?"

초지명이 그 순간 나직한 탄성을 뱉었다. 천마검, 천랑대의 생사 여부와 행방에만 몰두하다 보니 중요한 일을 깜빡하고 있었다.

모용린이 그런 초지명과 폭혈도를 번갈아 보며 말했다.

"천마검에게 우호적인 세력들에게 이곳에서 벌어진 일을 알려야 하지 않겠습니까?"

그녀의 말은 매우 중요했다. 그러지 않으면 본교와 흑

천련에 있는 천마검의 우호세력들은 영문도 모르고 교주에게 당할 수 있었다.

지켜보던 정파인들의 눈이 빛났다. 빙봉의 말은 굳이 자신들이 상단이나 표국을 이용해 십만대산 주변으로 연통을 넣을 필요가 없다는 의미였다.

이들이 움직이면 더 확실하고 빠르게 마교와 흑천련이 자중지란에 빠질 테니까.

초지명은 쓴 미소를 지으며 모용린을 향해 말했다.

"너의 노림수를 모르는 건 아니나, 어쨌든 고맙다고 해야겠군. 그 일이야말로 화급을 다투는 일이지."

그는 폭혈도, 귀혼창과 자리를 이동했다. 전서구를 보내야 할 사람들에 대해 의견을 나누는 것이다.

그러길 반 각 정도 지나자 귀혼창이 수하 몇 명을 불렀다. 그리고 곧바로 전서구로 보낼 쪽지를 작성하도록 지시했다.

그 광경을 보는 정파인들은 흥분을 숨기기 위해서 애를 써야 했다.

이제 마교와 흑천련의 내분은 피할 수 없다. 그러니 저들은 앞으로 오랫동안 중원을 침공할 수 없으리라.

완벽한 승리를 거두는 순간이었다.

초지명과 폭혈도가 다시 천류영 일행에게 다가왔다.

초지명이 입을 열었다.

"무림서생, 이곳에서 무슨 일이 있었는지 그대 덕분에 잘 알게 되었소. 그 점에 대해 우리는 매우 고맙게 생각하고 있소."

진심이었다.

만약 자신들이 천류영을 만나지 못했다면 진실을 찾기보다 흔적을 쫓아 산 위로 올라왔을 것이다. 그리고 사방으로 흩어져 추격에 나섰을 것이다.

그렇다면 교주의 개입을 알지 못했을 것이다. 뿐더러 배교의 존재는 꿈에도 상상하지 못했을 것이다.

결국 자신들은 소교주 일행을 무작정 쫓아 십만대산으로 돌아갔다가 허무하게 죽었을 공산이 컸다. 아니면 소교주 일행을 쫓다가 교주에게 당할 수도 있었다.

"만약 나중에…… 나중에 그대와 인연이 닿는다면 그래서……."

초지명은 뭔가를 말하려다가 이곳을 뚫어지게 보고 있는 정파인들의 시선을 의식하고는 입을 다물었다.

자신의 호의가 천류영에게 독이 될 수도 있음을 간파한 것이다. 그리고 자신들에게 과연 미래가 있을지도 불투명한 현실이었다.

폭혈도가 말했다.

"우리는 이제 떠날 것이오."

"……."

"무림서생, 잘 있으시오. 다음에 전장에서 붙게 된다면 감히 내 따귀를 때린 대가를 이자까지 쳐서 갚아 주겠소."

그다운 무뚝뚝한 인사였다. 하지만 그 음성에서 뜨거운 호의가 느껴졌다. 그에 천류영은 피식 웃고 말았다. 그러나 이내 정색하고 말했다.

"교주를 쫓지 마십시오. 가면 죽습니다. 그대의 대주가 남긴 말을 허투루 듣지 마십시오."

폭혈도가 미간을 찌푸리며 대꾸했다.

"무사는 죽더라도 해야 하는 일이 있는 법이오."

천류영은 고개를 저었다.

"천마검이 전한 글자를 보고 많은 상념이 스쳤습니다. 그가 전하려는 진짜 의도가 무엇일까, 라는 의문이 들더군요. 단순히 당신들을 걱정해서 피하라는 것일까? 그게 전부일까?"

천류영은 폭혈도의 어깨에 앉아 있는 금광구를 보며 말을 이었다.

"일단 피하고 훗날을 도모하라는 뜻이 아니겠습니까? 시간이 없어서 한 글자밖에 쓰지 못한 것이지만."

마교도들의 얼굴에 곤혹스러움이 떠올랐다. 초지명 역

시 미간을 찌푸린 채 반문했다.

"천랑대주가 끌려가고 있음을 아는데도 수수방관하란 말인가?"

"절망스러운 상황에서 천마검이 피하라는 한 글자를 쓸 때, 그 당시 그의 심정이 어땠을까요?"

"⋯⋯."

"유언일 수도 있는 그의 마지막 명입니다. 따를 것인지 아닌지는 여러분의 선택이겠지만⋯⋯. 당신들이 모두 죽는다면 지금 보내려는 전서구의 내용도 의미가 퇴색합니다. 증언할 사람이 없으면 결국 살아남은 자가 조작하기 쉬워지지 않겠습니까?"

마교도들의 눈동자가 흔들리는 가운데 천류영의 차분한 말이 이어졌다.

"천마검이 살아 있다면 여러분들은 살아남아야 합니다. 나중에 그가 돌아왔을 때 힘이 되어 줘야 하니까요. 그리고 그가 죽었다면⋯⋯."

천류영은 입술을 깨물었다가 곧바로 말을 이었다.

"그래도 여러분들은 살아야 합니다. 끝까지 살아남아서 진실을 계속 알려야 한다고 생각합니다. 그가 급박한 상황 속에서도 남긴 그 한 글자는 당신들에게 이런 것을 말하고 싶었던 것 아닐까요?"

"……."

"죽는 건 어쩌면 쉬운 일이지요. 그러나 살아남아서 해야 할 어려운 일들을 생각한다면? 사세요. 그래서 진실을 알리세요. 악착같이 살아남으십시오. 그래서 천마검을 지지하는 세력들을 규합해 교주를 괴롭히세요. 심신이 지친 여러분들이 무작정 추격에 나서는 건 결국 교주의 노림수에 놀아나는 꼴밖에 되지 않습니다."

천류영은 진심으로 이들이 안타까워서 말했다.

전쟁이 사실상 끝난 상황에서 이들은 더 이상 적이 아니기에.

결국 사람일 뿐이었다. 적어도 천류영에겐.

하지만 받아들이는 사람들의 입장은 달랐다.

정파인들은 천류영이 흑도인들의 분열을 격화시키기 위해 이런 말을 한다고 생각하고 속으로 미소를 지었다.

마교도들도 크게 다르게 생각하지는 않았다. 다만 그들은 천류영의 마음씀씀이가 묘하게 가슴을 파고든다고 느꼈다.

짐승도 저를 아끼는 이를 본능적으로 알듯이, 사람을 먼저 생각하는 진심의 힘이었다.

*　　　　*　　　　*

초지명은 수하들을 이끌고 떠났다.

그는 끝내 추격에 나설 것인지에 대해서는 함구했다.

모용린이 천류영을 향해 물었다.

"그들은 어떤 선택을 할까요?"

천류영이 쓴 미소를 지었다.

"추격할 겁니다."

모용린은 떠나가던 마교도들의 분노와 슬픔에 찬 눈빛을 상기하며 고개를 끄덕였다.

"역시 그렇겠지요?"

"예, 하지만 무모한 행동은 하지 않을 겁니다. 살아야 할 이유를 아니까요."

모용린은 고개를 끄덕이다가 기지개를 켰다.

"어쨌든 드디어 싸움이 끝났네요. 저들은 이제 내전에 들어갈 테니 당분간은 신경 쓰지 않아도 되겠고."

그녀의 차가운 얼굴에 흐릿한 미소가 피어났다. 하지만 그것도 잠시 그녀는 눈살을 찌푸리며 말을 이었다.

"이제 남은 문제는 배교군요. 과연 그들이 부활했는지, 했다면 어느 정도인지 반드시 알아내야 해요."

모용린은 어금니를 깨물었다.

이건 아주 중대한 사안이었다. 무림맹에 복귀하면 총력

을 다해서 파헤쳐야 할 일이었다.

팽우종이 모용린을 보며 말했다.

"몰랐다면 모를까. 실체가 있다는 것을 알고 조사하면 반드시 뭔가 걸리는 게 있을 겁니다."

모두가 고개를 끄덕이며 동의의 표정을 지었다.

정파인들은 승리했음에도 찜찜한 기분을 지울 수가 없었다.

남궁수가 말했다.

"배교의 흔적을 찾는 것은 은밀해야 합니다."

옳은 말이다.

배교도들은 아직 자신들의 꼬리가 드러났다는 것을 모를 것이다. 만약 정파 무림이 그들을 공개적으로 찾아 나서면 어떻게 될까?

타초경사(打草驚蛇)의 어리석음을 범하게 되는 것이다. 그들은 활동을 중지하고 더 깊은 음지 속으로 숨어들 것이다.

모용린은 동의하며 후기지수들과 상비군을 보았다. 철저한 입단속이 필요했다.

*　　　*　　　*

정파인들도 산 아래로 내려갔다. 그들 중 일부는 사천 분타로 떠났고 남은 이들은 혹시나 해서 더 조사를 하기로 했다.

용락산 정상에는 천류영과 독고설 그리고 조전후만 남았다.

천류영은 풍운을 기다릴 겸 홀로 생각을 정리할 시간이 필요하다고 했다. 그렇다고 사령관인 그만 남겨 둘 수는 없기에 호위로 독고설과 조전후도 같이 남은 것이다.

뙤약볕을 피해 나무 아래로 들어간 독고설은 산 아래를 내려다보는 천류영의 옆얼굴을 보다가 물었다.

"무슨 생각을 그리 골똘하게 하세요?"

"그냥 이것저것……."

"전쟁은 끝났어요. 이젠 머리 아픈 건 잠시 잊어도 되지 않나요? 배교야 빙봉 언니가 알아서 잘 조사할 거예요."

"예."

대답은 그렇게 했지만 천류영의 얼굴에 드리운 그늘은 사라지지 않았다. 그에 독고설은 한숨을 삼키고 말했다.

"천마검을 생각하나요?"

"그가 급진적이긴 했지만 이렇게 사라지기엔…… 너무 아까운 사람입니다."

그의 대답에 조전후는 불편한 기색을 보였다. 그도 천류영이 천마검에 대해 호의적인 감정을 가지고 있다는 것을 조금은 눈치채고 있는 것이다.

만약 지금 말하는 사람이 천류영이 아녔다면 당장 불호령을 터트렸을 것이다.

천류영은 허공을 멍하니 보며 말했다.

"그리고 기존 질서를 깨트린다는 것이 얼마나 어려운 것인지 새삼 느꼈습니다. 다른 사람은 몰라도 천마검은…… 그라면 잘해 나갈 줄 알았는데."

조전후는 고개를 절레절레 젓다가 사위를 살폈다. 누군가가 엿듣기라도 한다면 오해하기 좋은 말이었다.

독고설이 엷은 미소로 말을 받았다.

"저는 솔직히 대마두인 천마검을 좋아하지 않아요."

"압니다. 정파인이니 당연한 것이죠. 그리고 저 역시 그를 좋아하는 건 아닙니다. 뭐, 싫어하는 건 더더욱 아니지만. 다만…… 일종의 존경심? 아니면 동경심이라고 할까요? 그런 겁니다. 어쨌든 그는 어려운 사람들에게 희망을 줄 수 있는 영웅이었으니까요. 저는 진심으로 천마검이 패왕의 별이라고 믿었던 사람입니다."

조전후가 결국 참지 못하고 입을 열었다.

"천 공자! 아무리 그래도 어떻게 마교의 인물을 패왕의 별이라 생각할 수 있는 거요?"

"아! 죄송합니다. 저는 그저……."

천류영이 사과의 말을 마치기도 전에 조전후가 다시 말했다.

"그 별은 나의 별이오!"

"……."

"두고 보시오. 언젠가 절벽 밑에서 엄청난 비급이나 천고의 영약을 구해서…… 하여튼 어떤 방법으로든 기연을 얻어서 최고 고수가 될 테니까!"

"……."

"훗날, 더 강해진 나의 무공과 천 공자의 두뇌가 합쳐지면, 우리는 어떤 난세가 오더라도 역경을 돌파할 수 있을 것이오. 함께 강호에 이름을 날릴 수 있을 것이오. 나는 진심으로 그렇게 믿고 있소."

독고설은 입을 쩍 벌리고 조전후를 보다가 고개를 절레절레 저었다.

생각해 보면 요즘 워낙 급박한 상황만 터져서 조전후가 잠잠했었다. 그래서 깜빡하고 있었다.

야차검 조전후.

이 아저씨 원래 이런 사람이란걸.

어디를 가더라도 개인 시간이 나면 근처의 산에 깊은

절벽이 있는지 뒤지는 괴짜라는걸.

그녀는 한숨을 삼키고 천류영을 향해 말했다.

"죄송해요."

조전후가 울상을 지었다.

"아가씨! 대장부의 원대한 꿈입니다! 솔직히 무림인치고 그런 꿈 가지지 않은 사람이 얼마나 있겠습니까? 솔직한 것이 죄는 아니잖습니까?"

독고설이 조전후를 일견하고 다시 천류영에게 말했다.

"정말 죄송해요. 사람이 워낙 순수해서 그래요. 이젠 천 공자도 아시죠?"

2

천류영은 황망함에 잠시 말문이 막혔다가 이내 정신을 수습했다.

"제가 죄송합니다. 괜한 얘기를 꺼내서……. 두 분과 독고가주님 그리고 풍운은 왠지 모든 것을 다 말해도 괜찮을 것 같다는 믿음이 있어서……. 다시는 천마검에 대해서는 말하지 않도록 주의하지요."

독고설은 다시 끼어들려는 조전후를 매섭게 쏘아보며 말을 막고는 다시 천류영을 보며 빙그레 웃었다.

"아뇨, 저한테는 괜찮아요. 왜냐하면 저도 천마검에 대해 호의적인 감정이 생겼거든요."

천류영과 조전후가 의아한 표정으로 고개를 돌려 독고설을 보았다.

"왜냐하면 천마검이 이번에 당한 일을 본보기로 삼아서 천 공자가 앞으로 행동하는 데 조심을 하게 될 테니까요."

천류영은 머리를 긁적이며 고개를 주억거렸다.

"예. 저도 그런 생각을 했습니다. 그래서 참으로 많은 공부를 해야겠다는 생각도 했지요."

독고설의 입가에 어린 미소가 짙어졌다.

"저는 천 공자가 그런 생각을 했다는 것이 이번 전쟁에서 승리한 것보다 더 기분이 좋네요. 진심이에요."

조전후가 끼어들었다.

"어쨌든 당분간 마교와 붙을 일이 없다는 것만으로도 기분이 좋소. 교주 세력과 천마검 세력이 나 죽을 때까지 계속 싸웠으면 좋겠구만."

그의 이번 말에는 독고설도 동의했다. 무림인인 그들은 제법 적지 않은 싸움을 해 왔다. 그러나 단언하건데 마교도들만큼 무서운 적은 없었다.

몇 번이나 죽을 고비를 넘겼다. 천류영이 합류하지 않았더라면 자신들은 진즉 황천길을 떠났을 것이다.

천류영이 고개를 저으며 말했다.

"아쉽지만 그들의 분열은 그리 길지 않을 겁니다."

독고설과 조전후의 눈동자가 흔들렸다.

간만에 승리의 환희를 느끼려는 판에 던져진 천류영의 말은 독고설과 조전후를 곤혹스럽게 만들었다.

독고설이 고개를 갸웃거리며 물었다.

"이제 저들은 둘로 갈라져 내전에 들어갈 텐데, 빙봉 언니도 당분간 그들은 신경 쓰지 않아도 되겠다고 말했잖아요."

천류영은 나무에 등을 기대고 다리를 쭉 펴며 답했다.

"당분간 혹은 한참 동안이란 말은 해석하기 나름입니다. 애매모호하죠. 명확한 기준이 없으니까요. 누구에겐 몇 년이 짧을 수도 있고, 누구에겐 매우 길 수도 있듯이."

"……."

"빙봉도 저들의 분열이 길 수 없다는 것을 모르지 않을 겁니다. 다만 그걸 언급할 필요가 없으니 두루뭉술하게 넘긴 것이죠. 싸움이 끝난 지금은…… 승리의 축제를 즐기고 정파 무림 전체의 사기를 진작시키는 게 더 중요한 시점이니까요."

"……."

"뭐, 어쨌든 정파는 준비할 시간을 벌었습니다. 지금은 그것으로 충분한 겁니다. 또한 천마검이 사라진 만큼 마교의 전력 약화는 확실하니까요. 머지않은 시점에 그들이 다시 침공을 해 와도 자신감으로 맞설 수 있다는 것, 그게 가장 큰 소득입니다. 그 소득을 굳이 불안감으로 퇴색시킬 필요는 없지요."

독고설은 이해가 가지 않는다는 표정으로 물었다.

"천마검을 지지하는 세력들이 마교주에는 미치지 못해도 꽤 된다고 알고 있는데 왜 흑도의 분열이 오래갈 수 없다는 거죠?"

"천마검이 사라졌으니까요."

너무나 간단명료한 천류영의 답변에 독고설은 찰나 말문을 잃었다. 그리고 이내 신음을 흘리며 고개를 끄덕였다.

"음…… 그렇군요. 마교는 그 어떤 곳보다 힘을 숭상하는 곳이니까."

여전히 까닭을 모르겠다는 표정의 조전후를 보며 천류영이 부연 설명했다.

"천마검을 따른 사람들 중 상당수는 천마검이 꿈꾼 이상을 좇은 게 아닙니다. 독고 소저의 말처럼 천마검이 가지고 있는 힘을 숭상한 것이지요. 그리고 그 힘이 자신에게 가져다줄 이익을 계산한 겁니다. 무릇 대개의 사람들은 자신을 둘러싼 현실을 최우선으로 고려하지요."

이제야 고개를 끄덕이는 조전후를 보며 천류영은 자신의 말을 마무리했다.

"그런데 천마검이 단순히 권력 다툼에서 밀리는 것이 아니라 아예 사라져 버리면…… 끝까지 천마검을 지지하고 그의 복수를 하려는 세력은 극소수에 불과할 겁니다. 현실은 그렇게 냉정한 것이죠."

조전후가 입맛을 다시다가 한숨을 뱉었다.

"그게 그렇게 되는군. 하긴 이제 천마검은 잊히겠지. 그럼, 젠장! 얼마간의 평화 뒤 또 전쟁이라는 건가?"

독고설이 혀를 차며 조전후에게 말했다.

"패왕의 별을 꿈꾸시는 분이 전쟁을 두려워하는 건가요?"

조전후의 얼굴에 당혹스러움이 번졌다.

"그, 그게 아직 기연을 얻기 전이라서. 음, 그때까지 꼭 기연을 얻어야겠습니다."

독고설은 졌다는 듯이 양손을 들고는 고개를 저었다. 그리고 이내 근심스러운 표정으로 천류영에게 말했다.

"잠깐의 축제를 즐긴 후에, 우리는 일상으로 돌아가겠지요. 그 시간을 어떻게 보내는지가 중요하겠어요. 마교든 흑천련이든 아니면 배교든. 언젠가는 그들과 싸워야 할 테니까 철저한 준비를 해야겠죠. 휴우우, 또 얼마나 많은 사람들이 죽어야 할까요?"

그녀의 말이 끝나자 잠시 정적이 사위를 맴돌았다.

배교로 추정되는 세력의 출몰.

게다가 마교와 흑천련이 머지않은 시기에 재침공할 것이라는 천류영의 예상.

그것은 독고설과 조전후를 침울하게 만들었다.

특히나 독고설은 사한현에서 천류영이 한 말을 떠올렸다.

패왕의 별은 희망이 아닌, 욕망의 별일지도 모른다는. 그 별이 나타남으로써 많은 무인들이 천하의 패권을 쥐겠다는 야심을 가슴 깊이 간직하게 되었다.

그 둘의 우울한 표정을 본 천류영이 억지로 미소 지으며 침묵을 깼다.

"전쟁이라는 괴물은 두려워하면 더욱 커져서 덤비는 놈입니다. 자신만만하게 대비를 해야지요."

독고설은 머리카락을 귀 뒤로 쓸어 넘기며 고개를 끄덕였다.

"그래요. 그래야겠지요? 우리에겐 천 공자가 있으니까 잘할 수 있을 거예요."

조전후가 손뼉을 치며 맞장구를 쳤다.

"크하하하. 아가씨의 말씀이 참으로 옳습니다."

천류영이 놀라고 당황해 손사래를 쳤다.

"아니, 그런 뜻이 아닙니다. 천마검이 사라진 마교는 덜 위협적일 것이란 말입니다. 그리고 배교의 문제도 마찬가지죠. 그들의 존재를 미리 알았으니까요. 어쨌든 정파의 전성기 아닙니까?"

사실 천류영은 그리 낙관적으로 보지 않았다. 또한 이번의 싸움이 과연 정파의 승리라는 점에서도 회의적이었다. 저들이 물러가긴 했지만 사천의 정파 무림이 받은 피해가 결코 적지 않았다.

그러나 이들을 더 이상 침울하게 만들 필요는 없다고 여겼다.

어쨌든 이런 천류영의 격려는 독고설과 조전후를 다시 미소 짓게 만들었다.

독고설은 품속에 있던 주머니에서 육포를 꺼내 한 조각을 천류영에게 건네며 말했다.

"그나저나 풍운이 너무 늦는데요? 두 시진이 넘었어요."

사실 계속 머리 한구석을 찜찜하게 누르는 대목이었다. 천류영은 육포를 받아 들며 근심스러운 표정을 지었다.

"그러게 말입니다. 뭔가 흔적을 발견했을 거라고 긍정

적으로 생각했는데…… 시간이 너무 늦어지는군요."

원래라면 슬슬 사람을 풀어 찾아야 했다. 그러나 초지
명을 비롯한 마교도들이 그 일을 대신해 주기로 약속했기
에 기다리는 것이었다.

조전후가 육포를 씹다가 말했다.

"설마 흑랑대주가 배신해 풍운이를 중간에서……."

그는 말하다가 고개를 저었다.

흑랑대주가 비록 적이기는 하지만 허언을 할 위인으로
는 생각되지 않았다. 그리고 지친 마교도들이 풍운의 경
공을 따라잡는다는 것은 불가능했다.

독고설이 말했다.

"조금 더 기다려도 오지 않으면 찾아 나서야 하지 않을
까요?"

애매한 문제였다.

이곳에 있는 이들 중 가장 강한 고수가 풍운이었다. 그
런 풍운이 감당하기 어려운 사태에 직면했다면 도울 수
있는 사람이 없었다. 특히나 풍운의 경공은 타의 추종을
불허했기에 걱정이 들긴 했지만 심각하게 여기지는 않았
다.

더구나 필요 없는 싸움은 굳이 하지 않는 풍운의 성격
을 고려하면, 설사 추적에 성공했더라도 천마검을 구하기

위해 마교도들 속으로 뛰어들 리 만무했다. 분명 정황만 살피고 돌아올 녀석이었다.

조전후가 말했다.

"아가씨, 어쩌면 아예 사천 분타로 갔을 수도 있습니다. 아직까지 우리가 이곳에 있을 거라고 생각하기 힘들 테니까요."

기실 그 점도 생각했다. 괜히 길만 엇갈릴 가능성도 있는 것이다.

천류영이 결론을 내렸다.

"한 시진만 더 기다려 보죠."

*　　　*　　　*

풍운은 용락산의 정상을 넘어서면서부터 흔적이 사라진 것에 당황했다. 그러나 그는 단전을 개방해 기감을 끌어올리면서 방향을 잡았다.

아직까지 남아 있는 불쾌하고 역겨운 기운을 쫓아 움직였다.

절정의 경지인 동시에 그가 워낙 기에 민감하기에 가능한 일이었다.

풍운은 용락산에서 초원으로 나섰다. 그리고 그 초원을

가로질러 또 하나의, 제법 험한 산의 정상을 넘었다. 그렇게 산허리까지 내려서자 풍운의 앞에 나타난 것은 깊은 협곡이었다.

풍운은 고개를 갸웃거렸다. 정상에서 산 전체를 훑어보았을 때 이렇게 깊은 협곡이 있었던가?

"음, 위험해."

풍운은 협곡의 입구에서 자신도 모르게 중얼거렸다.

이곳까지 올 수 있었던 이유는 아직 완전히 사라지지 않은 기운을 느낄 수 있었기 때문이었다. 그런데 그 역겨운 사기(死氣)가 협곡에서부터 씻은 듯이 사라졌다. 문제는 사기뿐만 아니라 일체의 기운이 없다는 점이었다.

으레 있어야 할 자연의 기운조차.

풍운의 눈이 빛났다.

"이건 진법(陣法)이야. 진법이 설치되었어."

풍운은 대낮인데도 불구하고 햇볕이 들지 않는 협곡을 주시하면서 중얼거렸다.

자신이 증오하는 할아버지가 했던 말이 떠올랐다.

강호 무림에서 특히 조심해야 할 것들.

그중에 하나가 진법이었다. 진법의 정체를 알지 못하고 들어선다면 파훼법이나 생로(生路)를 찾기 힘들기에 매우 위험하다는 경고.

일신의 무공이 아무리 뛰어나도 곤란에 처할 확률이 지극히 높기에 일단 피하는 것이 현명했다.

원래 그의 성정이라면 '알 게 뭐야?'라며 돌아서야 했다. 이런 곳에 발을 담그면 반드시 피를 보거나 좋지 않은 일이 생긴다는 것을 모르지 않았다.

그런데도 풍운은 자리에 못이라도 박힌 것 마냥 서서 짙은 그늘에 잠겨 있는 협곡 내부를 뚫어지게 보았다.

"그냥 무시하고 돌아가는 게 맞는데. 천마검이 이곳을 통해 끌려갔다고 하더라도 나와는 아무 상관없는 일인데."

풍운은 팔짱을 낀 채 전방을 노려보며 입술을 깨물었다.

이곳까지 온 이유?

그저 괴상한 죽음의 기운에 호기심이 끌렸을 뿐이었다.

"역시 돌아가는 게 맞는데 말이지."

말은 그렇게 하면서도 손은 검을 꺼내고 있었다.

스르르릉.

뽑힌 검신 속으로 내공이 주입됐다.

지이이잉.

검이 해일처럼 밀려오는 기운에 검명을 터트렸다. 그리고 그의 칼이 움직였다.

쇄애애액!

풍운의 검이 번개처럼 움직였다. 그리고 거대한 진기가 폭풍처럼 쏟아져 나와 대지를 갈랐다.

콰콰콰콰아아앙.

고랑이 길게 패였다.

풍운은 멈추지 않았다. 잇달아 몇 번 검을 휘둘렀고 그때마다 땅바닥에 긴 고랑이 생겨났다.

진법 안으로 굳이 들어가야 할 경우에는 주변의 지형을 최대한 흩트리라는 할아버지의 조언에 따른 것이다.

진법은 나뭇가지 하나, 돌멩이 하나에도 영향을 받는 법이니까.

풍운은 검을 든 채 협곡 내부를 주시했다. 그의 눈가가 일그러졌다.

땅에 몇 줄의 고랑이 패인 것 외에는 딱히 이렇다 할 만한 변화가 없었다. 그것이 의미하는 건 간단했다.

외부에서는 파훼하기 어려운 상승의 진법.

풍운은 이마를 쓱 훔치며 눈을 빛냈다.

"묘하게 신경을 거슬리게 하네. 여기까지 왔다가 그냥 가기도 뭐하고. 쩝…… 일단 들어갔다가 아니다 싶으면 나오면 되겠지."

풍운은 검을 든 채 협곡 안으로 발을 내디뎠다. 잔뜩

긴장했건만 아무런 이상 조짐이 없었다.

　풍운은 조심하면서도 거침없이 계속 안으로 들어갔다.

　그런데 풍운이 방금 전까지 있던 자리.

　그곳에서 바라보면 풍운의 뒷모습이 보여야 할 터인데 기이하게 풍운의 신형이 눈에 띄지 않았다.

　휘이이잉.

　한 줄기 바람이 지나갔다. 그러자 협곡의 풍경이 일그러지기 시작했다. 그리고 다시 바람이 지나간 그 자리는 울창한 나무들이 가득한 숲으로 변했다.

　협곡이 시야에서 사라졌다.

　　　*　　　　　*　　　　　*

　풍운은 안력을 높였다.

　언제부터인지 생겨난 안개가 점점 짙어져 어느새 한 치 앞도 분간하기 어려워졌다.

　"젠장, 괜히 들어왔나?"

　풍운은 인상을 쓰면서 좌우를 보았다. 안개로 인해 옆의 절벽조차 보이지 않았다. 그는 일단 다시 밖으로 나가기로 하고 돌아섰다. 그러나 그 순간 눈을 부릅떴다.

　아무런 기척도, 기운도 없었다.

그런데 안개 너머에서 두 개의 붉은 눈이 자신을 보고 있었다. 허공에 떠 있는 그 붉은 눈이 천천히 다가오고 있었다.

꿀꺽.

풍운은 자신도 모르게 침을 삼키고 웃었다.

"하하하. 뭐지? 뒤에서 날 덮치려고 한 거야? 미녀였으면 좋겠는데."

질문은 묵살됐다.

풍운은 거리를 가늠하려고 했다. 그런데 짙은 안개 때문에 그것이 쉽지 않았다. 허공에 떠 있는 눈은 분명 가까워지고 있는 게 확실한데도 여전히 어떤 기운이나 기척을 느낄 수 없었다.

풍운의 눈에 이채가 스쳤다.

"흐음. 이 진법은 소리나 기운을 숨겨 주나 보군. 기습하기엔 정말 최적의 상황이야."

뒤돌아보지 않았다면 큰일 날 뻔했다는 생각에 식은땀이 흘렀다.

"설마 너 말고 또 있는 건 아니지? 예를 들면 또 내 뒤에……."

그러면서 고개를 돌렸다. 풍운의 눈가가 일그러졌다.

혹시나 했는데 있었다.

허공에 떠 있는 붉은 눈 한 쌍이.

그뿐만 아니라 좌우에서도 다가오고 있었다.

기척도 없이 다가오는 적안(赤眼) 네 쌍을 보며 풍운은 입술을 대자로 내밀었다.

"대화를 원하지 않는다는 거네. 그럼 칼로 상대해 주지."

파앙.

말이 끝나기 무섭게 풍운의 신형이 자리에서 사라졌다. 그리고 그의 칼이 전면에 있던 붉은 눈을 쓸었다.

카앙!

쇳소리가 터졌다. 풍운의 눈동자가 흔들렸다.

"철(鐵)?"

퍼억.

풍운은 가슴에 이는 격렬한 고통에 비명도 지르지 못하고 뒤로 나동그라졌다. 상대의 주먹이 가슴에 꽂힌 것이다. 그런데 그 주먹이란 것이 마치 무쇠덩어리 같았다.

"크윽."

풍운은 한 차례 각혈을 했다. 시뻘건 핏물이 기침과 함께 흘러나왔다. 주먹이 꽂히기 직전, 호신지기를 끌어 올림과 동시에 허리를 뒤틀어 충격을 흡수하지 않았다면 갈비뼈가 부러졌을 만큼 강력한 일격이었다.

"제길. 이 무슨?"

풍운은 고개를 들어 욕설을 뱉다가 눈을 치켜떴다. 어느새 붉은 눈 한 쌍이 코앞에 다가와 있었다.

풍운은 옆으로 몸을 날리듯 굴렀다. 이른바 고수들은 볼품이 없고 부끄러워서 절대로 사용하지 않는다는 나려타곤(懶驢打滾).

"콰앙!"

풍운은 아주 희미한 폭음 소리를 들었다.

분명 저 붉은 눈을 가진 놈이 무쇠와 같은 주먹으로 자신이 있던 곳을 내려치면서 터진 굉음일 것이었다. 꽤나 큰 폭음인데도 불구하고 진법의 영향으로 희미하게 들리는 것일 테고.

풍운은 급히 일어서서 뒤통수를 긁적이며 말했다.

"역시 모르는 진법엔 들어가는 게 아니었어."

붉은 눈들이 다시 서서히 다가들었다. 풍운이 손을 들었다.

"잠깐!"

그의 말에 처음으로 상대가 반응하며 멈췄다. 풍운이 반색하며 말했다.

"나 그냥 다시 나가면 안 되나?"

"……."

"생각해 보니 내가 이곳의 주인장 허락도 없이 무단 침입한 것 같고. 화난 게 있다면 대화로 풀면 되잖아."

멈췄던 붉은 눈들이 다시 풍운을 향했다. 그러자 계속 미소 짓던 풍운의 얼굴이 삽시간에 차가워졌다.

"쳇! 꼭 대화로 풀 기회를 줘도 못 알아듣는 족속들이 있단 말이지."

지이이잉.

풍운의 칼이 다시 울음을 토해 냈다.

3

풍운의 칼이 안개를 가르고 벼락처럼 떨어졌다.

퍼어엉.

이번엔 쇳소리가 아니라 폭음이 일었다. 풍운의 검에 심후한 공력이 실렸기 때문이다.

그리고 마침내 적안의 괴인이 뒤로 주르륵 밀려났다.

풍운의 입꼬리가 올라가며 그의 검이 다시 움직였다.

쇄애애액.

검끝에서 이는 푸른 바람.

검기다.

그 상승의 무공이 전후좌우로 뻗어 나갔다.

깡, 깡깡깡.

울려 퍼지는 쇳소리.

약간 흔들리는 적안의 괴인들.

그러나 그뿐이다. 아니, 여전히 당당히 서서 해볼 테면 해보라는 시위라도 하는 듯 보였다. 잠시 멈칫거렸을 뿐 다시 풍운을 향해 다가들었다.

풍운의 입가에 깃든 미소가 짙어졌다.

"또 쇳소리라. 그리고 검기는 전혀 먹히질 않네? 후후 후, 사람이 아니군."

"……."

"말로만 듣던 강시인가? 천류영 형님이나 사람들이 이 걸 알면 놀라 자빠지겠군."

비로소 풍운은 괴인의 정체를 간파했다. 그리고 그는 천류영 일행이 이미 배교의 존재를 짐작하고 있다는 사실 을 알지 못했다.

어쨌든 철강시(鐵僵屍).

이 괴물은 풍운이 말로만 듣던 것보다 훨씬 더 단단한 몸뚱어리를 가졌다. 삼백년 전에 사라졌다더니 더 진화해 서 나타난 듯싶었다.

놀랄 만도 한데 풍운은 침착했다.

애초에 이 기이한 진법 안으로 발을 디뎠을 때, 결코

평범한 경험을 할 것이라고는 기대하지 않았다.

그의 칼이 손안에서 빙그르르 돌았다. 마치 몸을 풀듯 고개를 좌우로 움직이자 말총머리가 따라 흔들리며 춤을 췄다.

"강시라. 그렇다면 이제부터는 손속에 인정이 없을 거야. 그리고!"

풍운은 눈을 빛내며 허공을 향해 말했다. 근처 어딘가에 숨어서 강시를 조정하고 있을 시전자를 향해서.

"이따위 마물을 만들었다면 살 생각은 버리는 게 좋겠지?"

역시나 답변은 없다.

하지만 풍운은 아랑곳하지 않고 말을 이었다.

"날 만난 걸 곧 후회하게 될 거야."

파앙.

풍운의 신형이 마치 연기처럼 다시 자리에서 사라졌다. 그 어마어마한 빠름을 적안의 괴인, 즉 철강시는 따라잡지 못했다.

서걱.

마치 무를 베는 듯한 소리가 들렸다.

그리고 풍운의 전면에 있던 철강시의 목이 베어져 머리가 바닥으로 떨어졌다. 붉은 안광이 점차 희미해지며 점멸하더니 이내 사라졌다.

  안개 속에 있던 한 꼽추 노인의 검버섯 가득한 뺨이 파
르르 떨렸다. 그의 눈엔 불신의 기색이 역력했다.
  철강시의 목을 단칼에 베어 버리다니!
  아무리 절정 고수라 해도 철강시를 저리 손쉽게 처리한
다는 것은 믿기 어려웠다.
  이 믿겨지지 않는 황당한 장면을 그는 오늘 두 번이나
보고 있었다. 그 빌어먹을 천마검이라는 놈도 그랬다.
  만약 그놈의 몸 상태가 최악이 아니었다면, 그리고 뒤
에서 마교주와 그 수하들이 합공을 해 주지 않았다면 정
말 끔찍한 참사가 일어날 뻔했었다.
  "아무리 봐도 약관의 나이로밖에 보이지 않는데."
  꼽추 노인은 이를 악물었다.
  저 청년이 어떻게 추적해 왔는지 궁금해 진법의 문을
열어 꼬드겼다. 사로잡아 그 이유를 캐낼 심산이었다.
  그래야 앞으로 흔적 지우는 일을 보완할 수 있을 테니
까.
  그런데 상황은 자신의 기대와 전혀 다르게 흘러갔다.
  네 구의 철강시는 결국 말총머리 청년에 의해 모두 쓰
러졌다.

"하아아. 네 구나 또 잃다니."

깊은 한숨이 절로 터졌다.

비록 손을 잡은 마교주에게도 숨기고 있는 비장의 무기이며, 사술의 총집합체라고 할 수 있는 특(特)강시는 아니었지만 예전보다 훨씬 강화된 철강시가 이렇게 허무하게 무너질 줄이야.

네 구의 철강시라면 중견 방파 정도는 한 시진 안에 무너트릴 수 있는 전력이었다.

"이래저래 오늘 손해가 막심하군. 교주님께서 진노하시겠어."

꼽추 노인은 배교 교주의 잔인한 표정이 떠오르자 편두통이 일어서 엄지로 관자놀이를 꾹꾹 눌렀다.

매우 고민스러운 기색이 그의 얼굴에 번져 갔다.

진법을 유지한 채 빠져나가면 저 말총머리는 최소한 반나절은 이 안에서 헤맬 것이다.

그럼 자신은 안전하다. 한참 전에 이곳을 지나간 마교주 일행과 배교의 수뇌부들을 뒤따라가면 저 말총머리를 더 볼일은 없을 것이다.

그러나 문제는 그럴 수가 없다는 점이었다.

네 구의 강시를 두고 갈 수 없었다.

아직은 배교가 부활했다는 것을 세상에 들키면 안 되니

까. 그러니 어떻게 해서든 저 말총머리를 처리해야 했다.

"이제 남은 건, 강시견 열 구인데……. 젠장! 그 빌어 먹을 천마검에게 너무 많이 잃었어."

철강시 백 구와 강시견 오십 구를 가지고 왔다.

사실 과한 전력이었다. 마교주에게 과시하려는 의도가 있었던 것이다.

그런데 철강시 절반과 강시견 사십여 구를 다 죽어 가는 천마검과 이십여 수하들에게 잃은 것이다.

정말이지 천마검은 자신이 평생 동안 본 그 어떤 자보 다 훨씬 엄청난 괴물이었다. 그런데 그 비슷한 괴물이 또 다시 등장한 것이다.

어쨌든 남은 강시들은 배교 수뇌부가 데려갔고 자신에 게는 네 구의 철강시와 열 구의 강시견만 남은 상태였다.

또 한숨이 흘렀다.

철강시 네 구가 허탈할 정도로 당했다. 그렇다면 열 구 의 강시견이라고 해도 말총머리를 제압하는 건 사실상 어 렵다고 봐야 한다.

그렇다면 남은 방법은 하나.

자신이 직접 나서는 것이다. 그 길밖에 없는데도 꼽추 노인은 주저했다.

이른바 주술사의 자존심이었다. 주술사가 직접 행동에

들어가는 건 다른 의미로 강시를 조정하는 능력이 떨어진다는 것을 뜻했다.

"크크큭."

꼽추 노인은 씁쓸하게 웃었다.

결국 자신이 움직일 수밖에 없었다.

"기왕 이렇게 된 바에야 저놈을 사로잡아 특(特)강시로 만들어야겠군."

특강시는 절정 고수가 재료다.

완전히 죽지 않은 상태에서 제작에 들어가는데, 한 구의 특강시를 만드는 데 들어가는 비용은 천문학적이다.

또한 그 과정도 지독하게 어려워서 열에 예닐곱은 실패한다.

그러나 성공만 한다면 특강시의 위력은 상상을 초월한다. 가진바 무공을 그대로 펼치면서 몸은 금강불괴(金剛不壞)가 되기 때문이다.

배교주는 열 구의 특강시를 만들어 내면 천하를 군림할 수 있다고 확신했다. 그리고 아홉 구가 이미 탄생했다. 마지막으로 천마검이 열 번째 특강시가 될 것이다.

그 무지막지했던 천마검이 특강시가 된다면 가히 강시왕(殭屍王)의 탄생이라고 부를 만할 것이리라.

그때가 바로 배교가 다시 무림으로 출도 할 때였다.

"크크큭. 저놈까지 열하나가 되어도 좋겠지."

꼽추 노인은 품속에서 하나의 부적과 비수를 꺼냈다. 그리고 비수로 손바닥을 긋고는 흘러나오는 피를 부적에 묻혔다.

"암하 가옴사니 주흐라……."

그의 검은 입술 사이로 뜻 모를 주문이 나직하게 흘러 나왔다. 그리고 그의 신형이 점차 투명하게 변해 가더니 사라졌다.

그가 있던 자리엔 안개만 천천히 흘렀다. 적어도 이 진법 안에서 그는 신이었다.

풍운은 약간 가빠진 호흡을 고르며 사방을 경계했다. 그러나 한참을 기다려도 더 이상 강시는 나타나지 않았다.

풍운은 바닥에 떨어져 있는 철강시의 수급을 하나 챙겼다. 그리고 다시 앞으로 걸었다.

짙은 안개 속에서 얼마나 걸었을까?

풍운은 고민에 빠져들었다. 이 정도 걸었으면 협곡의 끝에 다다르고도 남을 시간이다. 정상에서 내려다본 산의 크기를 고려한다면 말이다.

"왠지 같은 곳을 빙빙 돌고 있는 느낌인데……."

추측이라기보다는 확신에 가까웠다. 그래도 참고 앞으

로 걷다가 풍운은 신음을 뱉고 말았다.

자신이 쓰러트린 철강시가 나타났다. 혹시나 했더니 역시나였다.

난감했다.

이래서 알지 못하는 진법에는 함부로 들어가는 것이 아니다 싶었다. 그러나 이미 내친걸음이었다.

그는 정신을 추스르고는 집중하며 다시 앞으로 가려다 멈칫했다.

아주 희미해서 놓칠 뻔했다. 그러나 역겨운 죽음의 기운이 찰나지만 느껴졌다.

꼽추 노인이 진법과 강시를 통제하는 데 몰두하지 않고 직접 나서면서 약간의 틈이 생긴 것이다. 그리고 기에 민감한 풍운은 그것을 놓치지 않았다.

풍운은 강시의 수급을 곁에 내려놓고는 잔뜩 끌어 올리고 있던 공력을 다시 검에 주입했다.

지이이잉.

검신이 마치 터져 나갈 듯 크게 울었다.

그리고 풍운이 춤을 추기 시작했다.

한 발을 들었다 살짝 뛰었다. 제자리에서 빙그르르 돌았다. 검에서는 시퍼런 검기가 흘러나왔다.

검무(劍舞).

그의 신형이 점점 빨라지더니 회전하는 속도가 무섭도록 빨라졌다.

부우우우웅.

허공의 공기가 파도를 쳤다.

그가 디디고 있는 땅이 움푹 꺼졌다. 검기가 사방으로 퍼져 나가 사정없이 주변을 할퀴었다.

그러자 그의 근방으로부터 변화가 일기 시작했다.

풍운의 신형과 검에서 뿜어져 나오는 거친 기의 폭풍에 안개가 이리저리 흩날리면서 점차 엷어지기 시작했다.

천궁의 회선무(回旋舞)라는 무공이다.

한 번 펼침에 가지고 있는 공력의 삼 할 가까이를 소진시키는 내공 도둑이다. 대신 위력도 대단해 주변 십여 장을 초토화시킨다.

엷어지던 안개가 점차 빠른 속도로 사라지기 시작했다.

꼽추 노인은 결코 직접 나서지 말았어야 했다. 그가 자리를 지키며 진법을 계속 통제했더라면 안개는 결코 쉽게 걷히지 않았을 것이다.

회선무의 검풍이 넘나드는 거리가 점점 확장됐다.

이 장, 삼 장, 오 장, 칠 장…….

안개 대신 흙먼지가 풍운을 중심으로 용오름처럼 솟구쳤다.

"깽!"

"깽깽!"

꼽추 노인의 명에 따라, 붉은 안광을 숨기기 위해 눈을 감고 접근하던 강시견들이 소리를 지르며 나자빠졌다. 개들의 비명이 잇따라 이어졌다.

그리고…….

"큭!"

마침내 풍운이 기다리던 사람의 단말마가 터져 나왔다. 그 순간 가공할 속도로 회전하던 풍운의 신형이 소리가 난 지점으로 폭사했다.

꼽추 노인은 눈을 치켜뜬 채 벼락처럼 다가온 풍운을 아연하게 보았다. 코앞으로 다가오는 것을 보니 이건 정말이지 미친 속도였다.

피해야 한다고 생각했다. 그러나 그건 생각으로 그쳤다. 그전에 풍운의 주먹이 그의 얼굴 가운데를 강타했다.

꽈직!

코가 함몰된 꼽추 노인의 신형이 뒤로 나자빠졌다.

"끄으윽."

너무 고통스러우니 비명이 뒤늦게 터졌다.

기가 막혔다.

갑자기 춤을 추기에 실성했나 싶었다. 하지만 절정 고

수가 그럴 리 만무.

잔뜩 경계하면서 접근하는 차에 갑자기 검풍과 검기가 사방팔방을 헤집었다. 더불어 놈의 신형에서 폭풍처럼 쏟아져 나오는 무형지기가 거대한 회오리바람으로 주변을 휩쓸었다.

더구나 솟구쳐 오르는 흙먼지는 안개를 뚫어 볼 수 있는 꼽추 노인의 눈을 무력화시켰다.

꼽추 노인은 그제야 아차 싶었다. 진법이 뭉그러지고 있었다. 하지만 이미 시위를 떠난 화살이었다.

결국 주술까지 풀리면서 그의 투명했던 동체가 다시 드러났다. 잇따라 전신을 할퀴어 대는 검기와 무형지기를 견디지 못하고 엷은 신음을 내고 말았다.

풍운이 쓰러진 꼽추 노인을 향해 발을 내디디며 물었다.

"배교의 주술사?"

강시견들이 주인의 위험을 목격하고 풍운에게 달려들었다.

슈각, 슈각, 슈각…….

풍운의 칼이 갈지 자(之)로 움직였다. 마치 제멋대로 움직인 듯한 검은 정확하게 강시견들의 얼굴에 꽂혔다 나오거나 아예 목을 베었다. 까만 피가 사방으로 튀었다.

그리고 순식간에 열 구의 강시견들이 땅에 늘어져 미동도 하지 않았다.

꼽추 노인은 코가 함몰된 고통에 얼굴을 흔들다가 입을 쩍 벌렸다.

괴물인 것은 알았지만 이 정도일 줄이야!

그는 배교주가 왜 그렇게 특강시에 매달렸는지 이제야 깨달았다. 기실 자신은 특강시에 들어가는 비용과 실패 확률을 고려하면 철강시를 만드는 것이 훨씬 효율적이라고 생각하는 사람이었다.

그러나 천마검에 이어 이 말총머리의 실력을 보니 특강시가 없으면 무림 정복은 요원한 일임이 분명했다.

자신은 강화된 철강시의 능력을 과신했고 반면에 정파 무림의 저력은 과소평가했던 것이다.

풍운은 일어서려는 꼽추 노인의 얼굴에 검을 겨누며 자신만만한 어조로 말했다.

"날 만난 걸 후회하게 될 거라 했지?"

검첨에서 강시견의 검은 피가 꼽추 노인의 얼굴에 뚝뚝 떨어졌다.

노인은 누런 이를 드러내 보이며 허탈한 표정으로 웃었다.

"크크큭. 반로환동(返老還童)한 기인이었나? 대단하구

나. 그대는 누군가?"

약관 즈음의 나이?

이리 무지막지한 무위를 가진 인물이 약관이라니, 절대 그럴 리 없었다.

어떤 의미로는 꼽추 노인은 정말 불행한 인물이었다.

무림 역사상 찾아보기 힘든 무공의 천재인 천마검과 풍운을 연달아 만났으니 말이다.

풍운은 승자의 미소를 지으며 말했다.

"풍운."

"풍운? 못 들어 본 이름이군. 어느 문파요?"

"아! 그건 사정이 있어서 밝힐 수가……."

풍운은 말을 멈추고 눈살을 찌푸렸다.

뭔가 입장이 바뀐 기분.

"이봐요. 할아버지! 질문은 제가, 아니, 내가 한다."

순간 꼽추 노인의 눈 깊숙한 곳에서 이채가 스쳤다.

무공 실력을 고려하면 절대 믿기지 않지만, 언행을 보니 정말 어리다는 느낌이 들었다. 그것이 아니더라도 강호에 출도한 지 얼마 되지 않는 풋내기 같았다.

진법이 일부 훼손되기는 했지만 망가진 건 아니었다. 그런데 이 말총머리는 위험이 모두 사라졌다 확신하고 있었다.

풍운이 확인 차 질문을 던졌다.

"배교의 주술사가 맞나?"

꼽추 노인은 일부러 깊게 한숨을 쉬고는 고개를 주억거렸다.

"다 보았을 텐데 무엇을 숨기겠나? 나는 배교도일세."

"역시!"

풍운은 이 사실을 알리면 천류영에게 적지 않은 도움이 될 거란 생각에 괜히 뿌듯해졌다.

천류영 때문에 무림에서 살기로 결심했다. 그건 천류영에게 도움을 주고 싶었기 때문이었다.

"뭐든지 묻게. 대신 목숨만 살려 주게."

"아무리 극악한 배교도라고 해도 협조만 잘해 주면 목숨은 부지할 수 있을 거다."

꼽추 노인은 이제 확신했다.

저 순진한 얼굴과 훈계조인 말.

이놈.

강호초출의 풋내기다!

아무리 자신이 목숨을 구걸하는 말을 했어도 놈은 마혈을 짚어야 했다.

물론 놈이 스스로의 무위에 자신이 있어서 그런 것일지라도 무림에서는 비밀을 숨기기 위해 자진하는 경우가 비

일비재하다. 그것을 막기 위해서라도 놈은 최소한의 수단
은 강구해야 했다.

나자빠진 상태의 꼽추 노인은 등 뒤의 손으로 하나의
부적을 뒤춤에서 꺼내 들었다. 그리고 아직 핏물이 흘러
나오는 손바닥의 피를 검지로 찍은 후 괴이한 문양을 휘
갈겼다.

그 행동은 무척이나 은밀해서 풍운도 눈치채지 못했다.

"우리 형님은 일부 마교도에게까지 호감을 가지고 있
는, 선입견이 없는 사람이니까. 협조만 잘하면……."

말하던 풍운의 눈가가 갑자기 꿈틀거렸다. 그의 입꼬리
가 올라갔다.

"이거 재미있네."

"응? 갑자기 무슨 말인가?"

"이 이상한 진(陣)."

"……."

"아직 망가진 게 아니었어."

꼽추 노인의 눈동자가 흔들렸다.

4

풍운은 여전히 바닥에 눕다시피 한 꼽추 노인에게 칼을

겨눈 채 주변을 두리번거렸다.

다시 안개가 생성되고 있었다.

풍운이 미간을 찌푸리며 물었다.

"당신 말고 또 다른 주술사가 이곳에 있나?"

"없네."

"그런데 왜 진이 복구되고 있는 거지?"

"원래 복원력이 강한 진이라 그런 거지. 하지만 내가
너에게 사로잡혀서 아무것도 못하니 곧 스스로 해체될 거
네."

"음…… 그런 건가?"

풍운은 고개를 끄덕이며 꼽추 노인에게 진을 바로 해체
하라고 말하려고 했다. 그러나 곧바로 생각을 바꿨다.

진을 해체한다면서 다른 짓을 할지 자신이 어떻게 알겠
는가? 진법에 대해서는 최소한의 상식 외에 무지하다고
해도 과하지 않은 풍운이었다.

"좋아, 그럼 일단 이곳을 나가지. 천천히 일어서도록."

꼽추 노인은 풍운의 말에 따라 몸을 일으켰다. 그때까
지 그의 손이 여전히 뒤에 있는 것을 풍운이 지적했다.

"손은 앞으로."

"이렇게 말인가?"

꼽추 노인이 음산한 미소를 지으며 손을 내밀었다. 그

순간 누런빛 종이가 팔랑거리며 아래로 떨어졌다.

"응?"

풍운은 의아한 눈빛으로 그것을 보았다.

부적!

뭔가 노림수가 있다는 것을 안 풍운이 지체 없이 검을 휘둘렀다. 땅에 닿으려던 부적을 향해 달려드는 은빛 검.

그러나 꼽추 노인은 이미 예상하고 있었다는 듯이 발을 뻗어 검의 진로를 막았다.

푸욱!

"크윽!"

풍운의 검이 꼽추 노인의 발등을 찍었다. 그리고 누런 부적이 땅에 닿았다.

화르르르.

부적에 불이 붙더니 타올랐다. 그리고 주변에 널브러져 있던 철강시와 강시견들의 동체에서도 화염이 일었다.

"이, 이런!"

풍운은 자신이 너무 태만했음을 깨닫고 이를 악물었다. 배교가 출몰했다는 증거가 타 버리고 있었다.

풍운은 주먹으로 꼽추 노인의 가슴을 강타하고는 급히 타고 있는 강시의 수급 하나를 향해 몸을 날렸다.

그리고 불을 끄기 위해 주변의 흙을 뿌렸다.

화르르르.

흙이 덮어지는 데도 불구하고 불은 전혀 멈출 기미를 보이지 않았다. 초조한 풍운의 얼굴을 보며 다시 나자빠진 꼽추 노인이 말했다.

"명염(冥炎). 저승의 불꽃이지. 한 번 타기 시작하면 그 대상을 소멸시키는 순간까지 절대 꺼지지 않아. 적어도 이 진법 안에서는. 크크크."

웃고 있음에도 그의 얼굴엔 짙은 아쉬움이 드리웠다. 정말로 태워 버리고 싶었던 건 풍운이었으니까.

하지만 호신지기를 펼칠 수 있는 절정 고수에게는 명염이 먹히지 않았다.

풍운은 몇 번이나 불을 끄려고 시도하다가 꼽추 노인의 말이 사실인 것을 알고는 입술을 깨물었다.

명염은 맹렬하게 타오르면서 강시들을 빠르게 재로 만들었다. 이제는 설사 불을 끈다고 해도 강시인지 시신인지 구분하기는 틀려 보였다.

"당신!"

풍운이 분노해 꼽추 노인에게 가려고 했다. 그러자 노인은 피식 웃으며 일어나 뒤춤에서 수십여 장의 부적을 동시에 꺼내 들었다.

"다음에 보자고. 애송이. 언젠가 내 코를 부러뜨린 대가를 톡톡하게 치르게 해 줄 테니까."

파라라락.

허공으로 누런 부적 수십여 장이 흩날렸다. 그리고 풍
운의 칼이 움직였다.

파파파파파아아아.

시퍼런 검기 수십 줄기가 그야말로 벼락처럼 뻗어 나왔
다. 그 검기는 펄럭거리며 떨어지는 부적을 관통하며 찢
었다.

꼽추노인의 눈이 태어나 가장 커졌다.

"말도…… 안 돼!"

그가 입 밖으로 뱉은 것처럼 말도 안 되는 일이 벌어졌
다.

족히 오십여 장은 되는 부적이었다. 그 부적 중 하나만
땅에 떨어졌다면 사위는 다시 한 치 앞도 보기 힘든 짙은
안개로 가득 찰 터였다.

그런데 그 부적들 전부를 찰나의 순간에 모두 찢어 버
린 것이다.

그냥 떨어지는 물건도 아니고 허공에서 방향을 종잡을
수 없이 펄럭거리며 떨어지는 부적을 말이다.

"어떻게?"

꼽추 노인은 울상이 되었다.

확실히 놈은 풋내기다. 그러나 무공 실력만큼은 기절초 풍할 지경이었다.

이제 자신이 할 수 있는 선택은?

풍운이 성큼 다가오며 말했다.

"당신이라도 잡아……."

풍운은 말을 잇지 못하고 아연한 표정으로 멈췄다. 갑자기 꼽추 노인의 신형에서 시뻘건 불길이 치솟았다.

명염.

"끄으으윽. 이 애송아!"

노인의 피부가 고름처럼 흘러내렸다. 선홍빛 피가 명염에 휩싸여 함께 타오르다가 증발했다. 그 뒤로 허연 뼈가 속속 드러났다.

"본교가 세상에 나오는 날, 천하는 피에 잠길 것이고 그땐 너도…… 끄아아아악!"

그의 마지막 비명이 터졌다. 그리고 불타는 꼽추 노인의 신형이 땅으로 허물어졌다. 허연 뼈까지 빠르게 타들어 갔다.

그 광경을 풍운은 묵묵히 보았다.

이루 말할 수 없이 혐오스러운 장면인데도 풍운은 이를 악물고 쏘아보았다.

마치 이 순간을 잊지 않겠다는 듯이.

자책과 회한의 표정이 그 얼굴에 드리웠다.

꼽추 노인이 죽어 가며 던진 애송이라는 말.

그게 가슴에 대못으로 박혔다.

자만으로 인해 중요한 증거가 사라져 버렸다.

"내 탓이야."

풍운은 한숨을 잇달아 흘렸다.

그의 주변으로 다가오던 안개가 엷어지며 물러갔다. 그리고는 언제 그랬냐는 듯이 자취도 없이 사라졌다.

잠시 후.

"까아악, 까아악."

"깍깍, 깍깍깍."

까마귀 소리와 이름 모를 산새 소리가 들렸다.

풍운은 옆으로 고개를 돌리고 허탈한 표정으로 실소를 뱉었다.

협곡 입구까지의 거리.

불과 십여 장이었다.

좀 전에 안개가 걷혔을 때에도 저곳은 그저 절벽이었을 뿐인데.

이 괴상한 진이 이제야 정말로 해체된 것이다.

꼽추 노인이 그가 품속에 가지고 있던 남은 부적이 다 타 버리면서 말이다.

협곡의 입구에선 몇 명이 놀란 눈으로 서성거리고 있었다.

풍운의 흔적을 쫓아온 파륵 일행이었다.

그는 울창한 수풀이 갑자기 파도처럼 일렁이더니 협곡으로 변하는 괴사에 아연한 표정이었다.

파륵이 풍운을 보고는 소리를 질렀다.

"너, 너는!"

풍운은 머리를 절레절레 젓고는 검을 힘껏 쥐었다. 그러자 파륵이 손사래를 치며 외쳤다.

"오해하지 마라. 네 흔적을 쫓아오긴 했지만 싸우려는 의도가 아니다."

"……."

"무림서생과 우리는 진실을 알기 위해 잠시 손을 잡았다."

그의 말에 풍운은 피식 웃었다.

과연 천류영이었다.

정파인 중 그 어느 누가 마교도와 손잡을 생각을 하겠는가? 그것이 비록 한시적이라도.

"그렇군요."

파륵은 세 명의 수하를 대동하고 근처로 다가왔다. 그러면서도 협곡의 좌우를 연신 살폈다. 이 거대한 협곡이 보이지 않았다는 게 놀라운 것이다.

"진법이었군."

풍운은 고개를 끄덕였다. 파륵이 다시 물었다.

"그들은…… 이리로 간 거겠지?"

"그렇겠지요."

"하나만 더 묻자. 너는 어떤 흔적을 보고 여기까지 온 거지? 우리는……."

파륵은 말을 흐렸다. 굳이 자신들의 무능을 말하고 싶지는 않았기에.

"죽음의 기운을 따라왔어요."

파륵의 눈가가 일그러졌다. 자신은 전혀 그런 것을 감지하지 못했으니까.

"음, 기에 특별히 민감한 체질인가?"

파륵은 질문을 던지고는 답변은 들을 생각이 없다는 듯이 수하들을 향해 지시를 내렸다.

사방에 흩어져 있는 동료들과 초지명에게 이곳으로 오라는 전갈을 하기 위해서.

명을 받은 수하들이 흩어지자 파륵과 풍운만 남았다.

"풍운 소협. 이곳에서 무엇을 봤지?"

풍운은 입술을 깨물었다.

말한다고 해도 믿을 것 같지 않았다. 그리고 진실을 설명하기 위해 있었던 일을 자세히 말하면 자신의 꼴이 우스워질 것이 빤했다.

어떻게 그런 초보적인 실수를 하느냐고.

그리고 과연 배교에 관한 것을 이들에게 말할 필요가 있느냐는 의구심도 들었다.

천류영과 일시 손을 잡았다지만 그것이 어디까지인지는 자신이 알 도리가 없었다.

그런 고민의 눈빛을 읽은 파륵이 말했다.

"다시 말하지만 우리는 무림서생과 용락산에서 벌어졌던 진실을 함께 알아내기 위해 손을 잡았다."

"……."

"부탁이다. 우리는…… 지금 정말로 급하다."

결국 풍운은 입을 열었다. 그리고 최대한 간단하게 요약해서 말했다.

"배교였어요. 저기, 그리고 저기 흩어진 검은 재들은 강시가 타 버린 흔적입니다."

"……!"

파륵은 너무 놀라서 순간적으로 말문을 잃었다. 오만 가지 생각이 그의 머릿속을 흔들었다. 그러나 나오는 답은 하나였다.

교주가 배교와 손을 잡았다!

"저, 정말인가? 아! 미안하군. 기껏 얘기해 주었는데 의심을 하다니."

"……."

"딱 하나만 더 묻지. 지금도 죽음의 기운을 느끼고 추적할 수 있는가?"

풍운은 계곡의 입구 쪽으로 걸어 나와 태양을 보았다. 자신이 진법 안에 있었던 시간은 한 시진을 훌쩍 넘은 듯싶었다.

"어려울 것 같네요. 아까도 아주 희미한 느낌밖에 남지 않았었는데 시간이 너무 흘렀어요."

"그런가?"

작은 희망을 품었던 파륵의 얼굴이 보기 민망할 정도로 어두워졌다. 그에 풍운은 어쨌든 천류영과 이들이 지금은 손을 잡고 있다는 생각을 하고는 말했다.

"그래도 모르니 한 번 이 협곡 끝까지 가 보죠."

파륵의 얼굴이 대번에 밝아졌다.

"그렇게 해 주겠는가? 고맙네. 정말 고마워."

풍운은 그런 파륵을 보면서 무척이나 낯선 느낌을 받았다.

예전 독고설과 조전후가 그와 싸울 때 근처에서 봤었다. 좋게 말하면 쾌활하고 나쁘게 말하면 흥분 잘하는 인물이었다. 그 성격 급한 이가 스스로를 이렇게나 낮추고 있었다.

그만큼 그가 절박하다는 뜻이었다.

그런 생각이 드니 결국은 공포의 마교도도 결국 인지상정(人之常情)에 끌리는 사람이라는 생각이 들었다.

가치관이 다르고 추구하는 바가 다르다고 해도 결국은 그렇게 다 함께 같은 세상을 살아가는 사람이었다.

물론 그렇다고 패륜적인 행동을 서슴지 않는 배교도와 같은 무리들은 제외겠지만.

풍운은 파륵과 협곡을 질주했다. 그리고 그 끝에서 풍운은 기감을 최대한 끌어 올렸다.

하지만 결국 그는 고개를 저었다.

"역시 안 되네요. 시간이 너무 흘렀어요."

파륵은 어깨를 축 늘어뜨렸다. 그러나 곧 억지로 미소를 짓고는 말했다.

"여기서부터는 우리가 찾지."

풍운은 그것이 불가능하다는 것을 알면서도 고개를 끄덕였다.

"예, 행운을 빌겠습니다."

*　　　*　　　*

풍운이 너무 늦어지자 초조해하던 천류영은 결국 찾아 나서기로 결정했다. 모용린과 팽우종도 걱정이 되어 다시 합류한 상태였다. 그러나 그들이 움직이려던 시점에 맞춰서 풍운이 용락산 정상에 등장했다.

"풍운!"

"야!"

천류영과 독고설이 한숨 덜었다는 표정으로 소리를 질렀다. 조전후도 다가오는 풍운을 쏘아보다가 외쳤다.

"적당히 쫓지 대체 어디까지 갔다가 온 거야? 인마! 조금 있으면 해지겠다!"

풍운은 그들의 고함에 미소를 머금었다. 잔뜩 화가 난 음성이었다. 하지만 그 노성(怒聲)이 의미하는 것을 모르지 않았다.

"하하하. 저를 그렇게 걱정해 주었다니 뭔가 뭉클하네요."

독고설이 풍운의 팔을 잡고는 신형을 살폈다.

"괜찮은 거야?"

"그럼요. 누가 감히 절 어떻게 할 수 있겠어요?"

"네가 강한 건 아는데……."

독고설은 말을 잊지 못하고 놀란 표정을 지었다. 풍운

의 옷 여기저기에 묻어 있는 검은 핏자국.

조전후가 눈이 휘둥그레져 물었다.

"너 싸웠냐? 마교주 일행과?"

천류영, 독고설, 조전후, 모용린, 팽우종.

이 다섯 모두가 숨을 멈추고 풍운을 주시했다.

풍운은 어깨를 으쓱하고는 고개를 저었다.

"중간에 일이 좀 있어서 놓쳤어요."

천류영이 눈매를 좁히며 물었다.

"무슨 일인데 싸움까지 한 거냐?"

풍운은 머리를 긁적거리면서 대꾸했다.

"그게 말해도 믿지 않을 텐데 말이죠."

"배교였냐?"

"어?"

풍운은 진심으로 당황했다. 그 표정에 모두의 얼굴이
굳었다.

모용린이 주먹을 움켜쥐며 말했다.

"배교가 정말 부활했군요."

"그, 그걸 어떻게 안 거죠?"

"그보다 먼저 무슨 일이 있었는지에 대해서 말해 주세
요."

풍운은 입맛을 다시며 자신이 겪은 일을 풀어놓았다.

자신의 실수가 남세스러웠지만 여기에 있는 사람들에게까지 두루뭉술하게 말할 수는 없었다.

그의 얘기가 끝나자 모용린이 입을 열었다.

"그 진법은 혼원연무진(混元煙霧陣)이라는 거예요. 파훼하는 방법은 두 가지가 있는데…… 음, 그것보다 그들의 정체를 알려 줄 만한 증거는 하나도 없나요?"

풍운은 머쓱한 표정으로 답했다.

"죄송합니다. 제가 더 신중했어야 했는데."

조전후가 그런 풍운을 타박했다.

"너는 나한테 많은 것을 배워야겠다. 그런 음흉한 인간은 무조건 마혈부터 점하고 봐야 해."

"예."

모용린은 입술을 꼭 깨물었다가 고개를 저었다.

"아뇨. 차라리 잘된 일이에요."

풍운은 어리둥절해졌다.

"예? 그게 무슨 말씀입니까?"

"풍운 소협이 증거를 찾아왔다면 오히려 머리가 아파질 수 있었다는 뜻이에요. 타초경사의 우를 범하지 않기 위해서 아직 배교의 존재를 모르는 척 하는 게 좋거든요."

팽우종이 우려가 담긴 어조로 물었다.

"하지만 풍운 소협이 보았고 싸우기까지 했습니다. 배

교도들이 이 사실을 간과하겠습니까?"

"마교에 오행마벽진(五行魔壁陣)이라고 비슷한 진이 있어요. 풍운 소협은 오행마벽진에 들어가 싸운 것으로 소문내면 돼요."

배교가 아닌 마교의 짓이라고 하자는 뜻이다.

"그럼 강시는?"

"그 진의 특성이 한 치 앞도 분간하기 어렵다는 거예요."

"하지만 그렇게 단단한 몸뚱어리를……."

"몸의 일부를 철처럼 강하게 만드는 무공은 정파와 사파에도 있어요. 당연히 마교에도 있지요. 아, 철마공(鐵魔功)을 극성까지 익힌 마교도로 하면 되겠군요. 그것으로 둘러치면 돼요."

그녀의 거침없는 말에 모두가 감탄했다. 조전후가 혀를 내두르며 말했다.

"아는 게 힘이라는 말이 맞군."

천류영 역시 고개를 주억거리며 중얼거렸다.

"확실히 많은 공부가 필요하군요."

그러나 팽우종은 여전히 의문을 제기했다.

"그렇군요. 하지만 강시견은 다릅니다. 그건 어떻게 둘러칠 겁니까?"

이번에도 모용린은 주저 없이 말했다.

"모든 것을 왜곡하면 오히려 배교의 입장에서는 이상하다는 생각을 할 겁니다. 왜 모든 것을 그들에게 유리하게 우리가 해석하는 것인지. 그러니까 강시견은 그냥 인정하는 것이 좋아요."

"……?"

"다만 우리는 그것의 배후로 배교를 지목하는 것이 아닙니다. 마교죠."

"……!"

"마교가 강시견을 만든 것에 관해 우리가 비난하면 나머지는 그쪽에서 알아서 반응할 겁니다."

팽우종이 고개를 갸웃거리며 물었다.

"어떻게 말입니까?"

"배교가 마교주에게 요구할 겁니다. 강시견을 만들었다는 것을 인정하라고. 사람이 아닌 개에 관해서는 반인륜적인 것이 아니니 그 정도는 마교주도 받아들일 겁니다."

모두가 감탄한 기색으로 모용린을 보았다.

빙봉은 역시 빙봉이었다.

이번 사천의 싸움에서 하필 그녀의 상대가 천마검이었던 것이 불운이었을 뿐이다.

그렇지만 않았다면 그녀는 여전히 승승장구할 만한 능

력을 가진 천재였다.

조전후가 엄지를 치켜세웠다.

"하하하. 과연 빙봉 우군사! 대단하오!"

다들 그녀의 생각에 손뼉을 치며 감탄했다.

그리고 천류영도 말했다.

"묘책입니다. 훌륭합니다."

다른 이들의 칭찬에는 예의 차갑던 모용린이었다. 그런데 천류영이 말하자 비로소 미소를 지었다.

"고마워요, 사령관."

천류영이 귀밑머리를 긁적이며 대꾸했다.

"싸움이 끝났으니 이제 그 직책은 내려놓아야죠."

모용린이 빙그레 웃었다.

"대신 보상을 기대해도 좋아요. 아마 천 공자가 상상할 수 있는 그 이상의 보상이 주어질 겁니다."

그녀의 말에 모두가 흐뭇한 표정으로 천류영을 보았다.

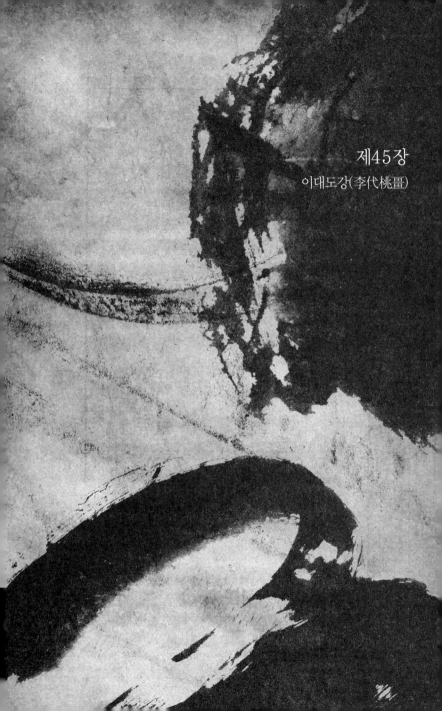

제45장
이대도강(李代桃畺)

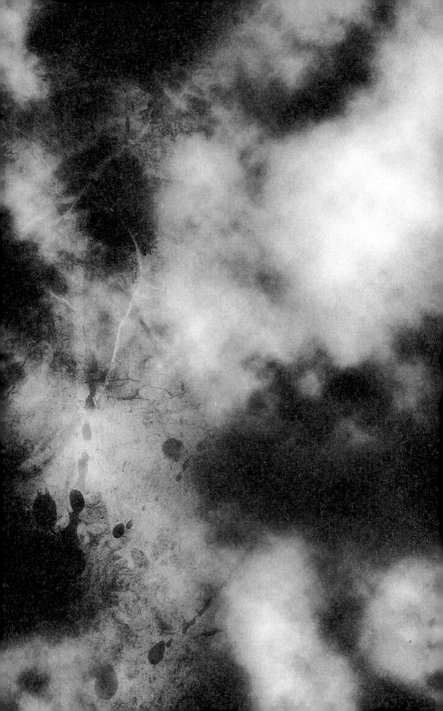

1

　천마신교의 교주 뇌황은 탐탁지 않은 얼굴로 입맛을 다
셨다. 그의 눈은 방금 배교의 부교주인 환환(幻幻)이 나
간 막사의 입구를 노려보고 있었다.

　뇌황의 앞에 서 있는 뇌악천이 입을 열었다.

　"아버지, 천마검의 목숨을 끊어야 합니다."

　뇌황의 미간에 깊은 고랑이 패였다.

　애당초 살아 있는 천마검을 배교에 넘겨주기로 약속했
었다. 그래서 환환의 '왜 천마검을 중상만 입히는 것이
아니라 죽이려 했느냐?' 는 불평에 딱히 대꾸를 할 수가

없었다.

죽여 놓고 상황이 어쩔 수 없었다고 둘러쳤어야 했는데, 천마검이 너무 강해서 배교의 도움을 받지 않을 수가 없었던 것이다.

"한심한 놈 같으니라고! 네놈이 그때 천마검을 죽였어야 했다."

뇌황의 서슬 퍼런 역정에 뇌악천이 움찔했다. 그러나 볼멘 목소리로 대꾸했다.

"제 실수가 아니라 사혈강 궁주 탓입니다."

"……."

"아니, 누구의 탓도 아닙니다. 설마 천마검이 내장역위일 줄 누가 알았겠습니까?"

뇌황은 미간을 찌푸리며 고개를 주억거렸다.

더 따지고 싶은 생각이 들지 않았다. 그랬다가는 자신의 무능도 드러나는 것이니까.

무능?

아니다. 자신은 천마신교의 교주다. 십만 교도의 정점에 있다. 무능이라니!

그런데…… 천마검.

놈은 비교되는 사람을 무능하게 만드는 놈이었다.

신이 실수로 너무 많은 능력을 부여해 버린 인간.

뇌황의 상반신은 붕대로 칭칭 감겨 있었다. 천마검에게 당한 부상 때문이었다.

천마검과 맞붙던 순간만 생각하면 치가 떨렸다.

놈이 강한 것은 진즉 알고 있었다. 그러나 자신과 엇비슷하다고 생각했었다. 그렇게까지 차이가 날 줄은 정녕 생각지도 못했다.

더구나 당시 천마검은 위중한 상태였다. 그런 천마검에게 일방적으로 몰렸다는 것이 부끄럽다 못해 참담했다.

뇌황의 씁쓸한 생각을 읽은 뇌악천이 조심스럽게 위로의 말을 건넸다.

"천마검, 그놈은 사람이 아니라 괴물입니다."

"……."

"설마 그 나이에 예전 천마 조사님의 무공을 십 성까지 대성했을 것이라 누가 상상이나 했겠습니까?"

자신들이 파악하고 있던 천마검의 무공 수위는 거짓이었다. 놈은 가진 바 힘의 서 푼이 아닌 삼 할, 아니, 거의 절반을 숨기고 있었다.

뇌악천이 한 차례 숨을 들이키고는 말했다.

"그 영악한 괴물은 인간의 잣대로 판단하면 안 됩니다. 그러니 이번 기회에 숨통을 끊어 두어야 두 다리를 뻗고 잘 수 있을 것입니다."

뇌황은 자신의 아들을 물끄러미 보았다. 그리고 자신도 모르게 한숨을 삼켰다.

현재 천마검의 상태는 당장 죽었다는 보고가 들어와도 전혀 이상하지 않을 정도다. 아니, 아직까지 그런 보고가 들어오지 않은 것이 이상한 상황이다. 그런데도 뇌악천의 얼굴에는 걱정과 근심이 가득했다.

그건 마치 당장이라도 천마검이 막사 안으로 들어올 것을 두려워하는 듯한 모습이었다.

뇌황은 이런 뇌악천의 겁에 질린 표정이 자신의 얼굴에도 일부 있을 거라 생각하니 수치스러웠다.

뇌악천의 말이 이어졌다.

"배교 놈들은 대체 왜 천마검을 살리려는 겁니까? 강시로 만들려면……."

뇌황이 아들의 말허리를 끊었다.

"실혼인(失魂人)으로 만들려는 것이다."

실혼인.

일종의 최면술인 섭혼술(攝魂術)로 시전자의 명에 따르는 노예를 뜻한다. 실혼인은 강시와 비교해 뚜렷한 장점을 가지고 있었다. 강시는 상황이 변할 때마다 계속 주문으로 명을 내려야 한다. 시전자의 정신력을 깎아먹기에 장시간 전투는 불가능했다.

그러나 실혼인은 주문이 필요 없었다. 주인의 의지를 영(靈)으로 교감해 읽고 알아서 행동하기 때문이다. 다만 강시에 비해 전투력은 현저하게 떨어졌다.

물론 배교는 천마검을 실혼인으로 만들려는 것이 아니었다. 강시의 장점과 실혼인의 장점을 살린 특강시를 만들려는 것이지.

뇌악천이 미간을 찌푸리며 반박했다.

"천마검처럼 의지가 강한 인간이 섭혼술에 굴복하겠습니까? 아무리 배교의 주술이 강력하다고는 하나 저는 어렵다고 생각합니다."

"육체가 최악인 상황에서는 의지도 그만큼 흐려지는 법이다."

"그건 그렇지만……."

"실패하면 죽여 강시로 만들겠다고 했다."

"그러다가 자칫 실수라도 해서 천마검이 제 의지로 부활한다면 큰일이 아닙니까?"

뇌악천의 계속되는, 도가 지나친 우려에 뇌황은 결국 깊은 한숨을 뱉었다.

"그만하자."

"아버지!"

"그만하라고 했다!"

뇌황의 역정에 뇌악천이 놀라 한 발 물러섰다. 그에게 뇌황은 여전히 차갑고 무서운 부친이었다.

"죄, 죄송합니다."

"천마검이 부활할 가능성이 전무 하다는 것은 너도 알잖느냐? 배교도들이 어떤 놈들인데……. 무려 삼백여 년이나 들키지 않고 살아온 치밀한 놈들이다. 나도 아직까지 천마검이 살아 있다는 것이 마음에 들지 않아. 하지만 우린 이미 스스로 해결할 기회를 놓쳤다."

"……."

"섬마검까지 살려 낸 배교도들의 의술이 놀랍긴 하지만, 천마검만큼은 불가능하다. 결국 천마검은 죽어서 강시가 될 것이야. 그러니 이제 그놈은 잊어라."

뇌황은 자신이 뱉은 말에 의아한 표정을 지었다.

배교도들의 의술이 걸렸다.

그건 정말이지 경악할 만했다.

뇌황은 현란한 침술과 더불어 놀라운 외과 수술까지 선보인 배교의 여인들을 상기하며 입술을 꾹 깨물었다.

'그 여인들…… 결코 배교도가 아니야.'

하나의 문파가 떠올랐다.

하지만 아무리 생각해도 그곳은 배교와 어울리지 않았다. 그 문파는 존재하되 어디에 있는지 알 수 없다는 삼대

신비 문파 중 하나였다.

화선부(華仙府).

전설의 명의인 화타의 제자들이 비밀리에 세운 곳으로 의술과 자존심이 하늘에 닿을 정도로 높다는 문파.

정파의 협객이 인연이 닿아 위독한 상태로 찾아오면 반드시 살려 내고 흑도의 인물은 천만금을 가지고 온다 해도 상대조차 하지 않는다는 집단.

그런 화선부가 배교와?

어울리지 않는 조합도 정도란 것이 있었다.

'설마, 아니겠지.'

한편 뇌악천은 입술을 우물거렸다.

아버지의 말씀이 옳다는 것을 안다.

천마검은 결코 살아날 수 없다.

쏟아 낸 피의 양을 보아도 그렇고 독은 골수까지 미쳤다. 전신은 칼로 난자당해 걸레가 되었다.

스스로 생각해도 과민하다는 것을 모르지 않았다. 그런데도 뇌악천은 가슴에 천근 바위라도 얹힌 듯 답답하고 불안했다.

성질 같아서는 당장 천마검이 누워 있는 곳으로 달려가 목을 따고 싶었다.

잠시 상념에 빠졌던 뇌황은 자식의 눈빛을 보고는 경고

했다.

"쓸데없는 생각은 하지도 마라. 천마검이 없는 우리에게 배교의 힘은 꼭 필요하니까. 배교와 우리의 사이가 틀어지면 천하일통은 요원해진다."

뇌악천은 결국 한숨을 삼키고 힘없이 대답했다.

"예."

"지금부터는 배교와 은밀히 협조하되 그들을 이용하는 것이 중요하다. 스스로 힘을 갖는 것만큼이나 중요한 것이 상대를 이용하는 것이야."

"명심하겠습니다."

뇌황은 의기소침해진 뇌악천을 보며 혀를 찼다. 아들 중에서 제일 낫다는 놈이 고작 이 정도밖에 안 되다니.

더 나은 놈만 있었다면 당장이라도 버렸으리라.

뇌황은 자리에서 일어나며 싸늘한 시선으로 뇌악천을 보며 말했다.

"교로 돌아가면, 끝까지 저항할 천마검의 잔당을 처리한 후에 너를 천랑대주에 앉힐 것이다. 그날을 대비해 스스로를 부단히 단련해야 할 것이다."

침울했던 뇌악천의 눈에 화색이 돌았다. 이 말은 자신을 후계자로 점찍었단 뜻이다.

"예, 아버지. 실망시키지 않을 것입니다."

"그래야겠지. 내가 너에게 주는 마지막 기회일 테니."

뇌악천의 눈빛이 흔들렸다. 그러나 그는 이를 악물었다. 천마검만 없다면 누가 자신의 앞을 가로막겠는가?

뇌황은 고개를 주억거리며 막사 밖으로 나섰다. 밤공기가 제법 찼다.

그는 캄캄한 하늘을 올려다보았다.

패왕의 별.

그의 입꼬리가 올라갔다.

*   *   *

늙수그레한 음성이 막사 안으로 파고들었다.

"들어가겠다."

배교의 부교주 환환이 입구의 천을 올리며 들어섰다. 면사를 쓴 여인과 노파가 간이 침상에 누워 있는 한 사내를 주시하다가 고개를 들었다.

백발의 노파가 환환을 보고 읍했다.

"어서 오십시오, 부교주."

그러나 면사 여인은 흘낏 그를 보고는 다시 침상의 사내에게 눈길을 돌렸다. 그 냉담한 반응에 환환의 눈가가 살짝 일그러졌다.

그러나 억지로 미소를 지으며 물었다.

"천마검은…… 아직도인가?"

벌거벗은 채 침상에 누워 있는 사내는 백운회였다.

백발 노파가 고개를 절레절레 저으며 말했다.

"지금까지 숨이 붙어 있는 것도 믿겨지지 않습니다."

노파의 말에 환환이 피식 웃었다.

"그거야 그대의 주군인 한사녀(寒巳女) 덕분이겠지."

"그게……."

노파가 쓴 미소를 머금으며 말을 흐렸다. 그러자 환환
이 의아한 표정으로 물었다.

"무슨 말을 하려는 거지? 혹시라도 실패라는 말은 꺼낼
생각도 하지 마라. 꼭 살려 내야 한다. 교주님의 기대가
얼마나 큰지는 잘 알고 있겠지?"

한사녀.

차가운 뱀 같은 여인으로 불리는 그녀가 앙칼진 목소리
로 대꾸했다.

"지금 우리는 아무것도 하지 못하고 있다. 아직 이자가
살아 있는 건…… 나도 이해가 안 가."

환환의 눈이 커졌다.

"그게 무슨? 그럼 지금까지 뭘 한 거지?"

"비상과 전갈의 맹독이 전신에 퍼졌다. 목숨을 잃을 수

있는 자상만 스물아홉 개. 장력에 맞은 것을 비롯해서 강시견에 물리고 할퀴어지고…… 하여튼 자잘한 검상들까지 합하면 천 개도 넘을 거야. 나는 한 사람의 육체에 이렇게 많은 상처가 날 수 있다는 것을 오늘 처음 알았다."

"……."

환환은 말문을 잃었다. 워낙 피투성이여서 그렇게까지 많은 부상을 입었는지 몰랐던 것이다. 또한 자신은 용락산 정상에서의 싸움엔 개입하지 않았었고.

한사녀가 면사 속으로 손을 넣어 턱을 만지작거리다가 말했다.

"그리고…… 그런데도 사람이 죽지 않을 수 있다는 것도 오늘 처음 알았다."

환환은 자신도 모르게 침을 삼켰다. 그러나 이내 씨익 미소 지으며 말했다.

"이놈은 정말 전설의 강시왕이 될 수 있는 놈이군. 흐흐흐. 생각만 해도 너무 좋아서 오싹할 정도야. 이놈이 금강불괴가 되어서 무지막지한 무공을 펼치는 것을 상상해 보라고. 우리의 명에 따라 정파인들을 도륙하는 장면을 상상해 봐!"

한사녀가 살짝 어깨를 으쓱하고는 백운회의 손목을 짚었다. 맥은 여전했다. 뛰지 않아서 죽었다는 생각이 들 때

쯤 한 번씩 움직였다.

"일단 살아야 그런 꿈을 꿀 수 있겠지."

"살려라. 반드시! 네가 젓가락을 들 정도의 체력만 회복시켜 주면 내가 섭혼술로 혼백을 장악할 것이니."

한사녀가 짜증스러운 어조로 반박했다.

"지금 내가 할 수 있는 건 아무것도 없다고 말했다."

"그럼 계속해서 지켜만 보겠다는 건가?"

"맞아."

"뭐?"

"이 천마검이라는 인간, 무의식적으로…… 스스로 치유하는 중이야."

"……!"

"하지만 상태가 너무 안 좋아. 그러니 결국 죽을 거다. 아무리 대단한 의지라도 한계란 존재하니까."

한사녀는 천마검의 손목을 내려놓고는 불신의 표정으로 그의 얼굴을 보았다. 정말이지 이해가 가지 않는다는 낯빛이었다.

사람의 의지에 대해 그녀는 다시 생각하고 있었다. 대체 이런 말도 안 되는 일이 어떻게 일어날 수 있단 말인가?

만약 천마검에게 약간의 의식이라도 있었다면 묻고 싶었다.

대체 어떻게 버티고 있는 거냐고?

그리고 말하고 싶었다.

그만했으면 됐으니 이제 모든 것을 내려놓고 푹 쉬라고. 무의식중에도 겪고 있을 그 참담한 고통에서 자유로워지라고.

지금 천마검은 온몸이 타들어 가는 고통을 매순간 경험하고 있을 것이다. 그런데도 이 인간은 죽지 않고 버티고 있었다.

처음엔 의아했고, 다음엔 놀라웠다. 그리고 경이로워졌다. 하지만 지금은…… 안타까웠다. 불쌍했다.

잠시 침묵하던 환환이 말했다.

"뭐, 믿기지는 않지만 스스로 치유하고 있다니, 네가 도우면 더 나은 것 아닌가?"

한사녀가 픽하니 실소를 뱉고 말했다.

"지금 천마검의 육신은 아주 얇은 살얼음이나 다름없어. 그것도 수많은 금들이 쩍쩍 가 있는. 그런 살얼음은 아주 작은 충격만 가해져도 깨져 버리지."

"……"

"침 하나, 뜸 하나도 댈 수 없어. 약도 마찬가지고. 바로 토해 내고 죽겠지."

환환의 얼굴이 딱딱해졌다. 그는 침상 곁으로 다가와

백운회를 내려다보며 물었다.

"기다려도 죽고, 치료해도 죽는다는 얘긴가?"

"정답."

환환은 입술을 질겅질겅 씹었다.

"실망이군. 삼대 신비 방파인 화선부 수장의 입에서 그런 약해 빠진 소리가 나오다니. 죽은 자도 한 식경만 넘지 않으면 살릴 수 있다고 큰 소리 치지 않았었나?"

한사녀의 미간에 깊은 골이 패였다.

"그건 경우에 따라 다른 것이지. 이렇게 철저하게 망가진 인간을 어떻게 살려?"

환환의 시선이 천마검에서 한사녀에게로 옮겨 갔다.

"살려야 할 거다. 본교의 숙원뿐만 아니라 네 꿈도 달린 일이니까."

한사녀는 면사 안의 입술을 꾹 깨물고 환환을 마주 노려보았다.

그러자 환환이 비릿하게 웃으며 침상 옆의 탁자에 놓여 있는 무수히 많은 금침(金針)들을 보았다.

자루가 굵고 둥근 형태를 띠는 봉침(鋒針), 여러 개의 가느다란 침이 몰려 있는 매화침(梅花針). 그리고 그 옆에 있는 또 하나의 탁자 위에는 화침(火針)과 온침(溫針), 수침(水針), 용침(龍針)이 줄줄이 빛나고 있었다.

이 상서로운 기운들이 흐르는 침들은 보통의 금침이 아니었다. 서장 지역에서만 난다고 알려진 독특한 철 성분과 초유황이 녹아 들어간, 화선부의 저력이 담겨 있는 침이었다.

"한사녀, 이래도 죽고 저래도 죽는다면 치료를 시작해라. 그래야 교주님께 변명할 것이라도 있을 테니까. 방치했다가 죽으면 교주님의 진노가 우리에게 쏟아질 거야."

"치료를 시작하면 죽어."

"어차피 죽는다고 했잖나?"

"죽을 사람이 죽는 것과 아직 살아 있는 사람을 죽이는 건 달라."

"우린 내일 다시 이동해야 한다. 그런데 금이 쩍쩍 가 있는 살얼음판의 몸뚱어리라 작은 충격에도 죽는다면 데리고 갈 수가 없잖아. 지금 최소한의 치료는 끝내야 한다."

"······."

"한사녀, 우리가 잘 대해 주니까 네가 착각하고 있는 모양인데, 필요가 있어서 널 대우해 주는 거다. 쓸모가 없다면······."

환환은 굳이 말을 잇지 않았다. 그러자 한사녀와 백발노파는 지그시 입술을 깨물었다.

잠깐의 정적이 흐르고 한사녀가 입을 열었다.

"해 보지."

굳었던 환환의 표정이 언제 그랬냐는 듯이 밝게 펴졌다.

"후후후, 진즉 그랬어야지. 현명한 판단이다."

"집중하게 나가 줘. 그리고 치료하는 동안은 이 안으로 누구도 들어와서는 안 돼."

"물론. 네 집중력이 흐트러져서는 안 되지. 그건 걱정하지 마라."

"아마…… 금방 끝날 공산이 커. 최초의 침 하나도 버티지 못하고 죽을 테니까. 그럴 리 없겠지만 버틴다면…… 밤을 꼬박 새워야 할 테고."

"무소식이 희소식이란 뜻이군. 좋아. 내가 직접 이 막사 밖에서 아무도 접근하지 못하게 경계를 서면서 오래오래 기다려 주지."

환환이 미소를 지으며 밖으로 나갔다. 그러나 웃고 있는 그의 얼굴에 나타난 긴장을 숨길 수는 없었다.

2

한사녀는 백발 노파를 보며 말했다.

"유모, 준비해 주세요."

"예, 그런데 가능할까요?"

유모의 질문에 한사녀는 씁쓸한 미소를 지었다.

가능성?

지금까지 숨이 붙어 있는 것 자체가 불가능한 일이다.

"만약 이자가 산다면 나는 기적이란 것을 믿게 되겠지요. 그리고 신이 존재한다는 것도."

"……."

"그러나 나는 알아요. 세상엔 신이 없다는 것을. 온갖 추잡한 욕망들만 가득한 곳, 그곳이 우리가 사는 세상이라는 것을 말이죠. 만약에 신이 있었다면…… 우리가 이렇게 살지는 않았겠죠. 우리가……."

한사녀의 차가운 음성이 흔들렸다. 그러자 유모가 안타까운 눈으로 그녀를 불렀다.

"아가씨……. 아가씨 탓이 아니에요."

유모의 목소리가 물기에 젖었다. 그러자 한사녀가 고개를 세차게 젓고는 피식 웃었다.

"쓸데없는 얘기를 했네요."

"그냥 포기하는 게 낫지 않을까요? 괜한 덤터기를 쓸 수도 있어요."

"아뇨. 부교주 말마따나 우리도 뭔가를 했다는 것을 보여 줄 필요가 있어요."

한사녀는 봉침을 들고는 심호흡을 했다. 그러자 유모가

아주 조심스럽게 천마검의 몸을 뒤로 돌렸다.

명문혈(名門血).

등허리 중앙에 있는 혈로써 생명의 문이라고도 불린다. 그러나 이런 상태에서 침을 놓는다면 죽음의 문이 될 것이다.

한사녀는 잠시 망설이다가 독한 눈빛을 지었다.

푸욱.

금빛 봉침이 명문혈에 반 푼 놓아졌다. 그러자 천마검의 전신에 잔 경련이 일었다.

한사녀는 자신도 모르게 탄식을 뱉었다.

"역시 몸이 버텨 주질 못해."

유모도 안타까운 표정을 지었다. 그러나 둘은 곧 화등잔만 하게 눈을 떴다.

천마검의 동체에 이는 떨림이 잦아들더니 다시 평온해졌다. 맥을 짚고 있던 유모가 침을 삼키고 말했다.

"반응이…… 맥이 아직 뜁니다."

한사녀는 백운회의 뒤통수를 뚫어지게 보다가 눈을 빛냈다.

"당신…… 정말 끝까지 가 보자는 거야? 살 수 있다고 생각하는 거야? 정말 그렇다면……."

그녀의 중얼거림에 유모가 무슨 말을 하려는지 궁금하

다는 표정을 지었다.

그러나 유모에게도 들리지 않는 혼잣말이 그녀의 입속
에서 맴돌았다.

"배교뿐만 아니라 내 노예로도 삼아 주지."

*　　　　　*　　　　　*

깊은 밤.

장소를 알 수 없는 장원의 지하.

사방의 벽에 횃불이 하나씩 걸려 있는 밀실. 그 가운데
에 한 인영이 등받이 의자에 몸을 묻고 있었다.

끼이이익.

밀실의 석문이 열리며 중년인이 들어왔다. 큰 키에 마
른 체형을 가진 그는 깊게 허리를 숙이며 입을 열었다.

"교주님. 지금……."

교주라 불린 인물이 쓸데없는 말은 필요 없다는 듯이
손을 저었다. 그리고 그 손으로 자신 앞에 놓인 탁자를 가
리켰다.

그 가리키는 손가락이 유난히 길고 하얗다. 굵고 주름
진 그 하얀 손가락 끝에는 붉은빛이 감도는 손톱이 날카
롭게 다듬어져 있었다.

교주가 손으로 가리킨 탁자 위에는 어린아이의 머리만 한 크기의 수정구가 놓여 있었다.

중년인은 탁자 앞으로 이동했다. 그의 손에는 새장이 들려 있었고, 그 새장 안에는 한 마리 까마귀가 있었다.

그런데 기이한 건 까마귀의 눈동자였다. 동공이 붉은색이었다.

강시오(殭屍烏).

중년인은 강시오를 새장에서 꺼내며 속으로 한숨을 삼켰다. 아깝다는 생각이 들었다.

이건 단순한 강시오가 아니다.

일반적인 강시오를 만드는 것보다 훨씬 많은 시간과 비용이 들어갔다. 그렇기에 교에도 불과 삼십여 마리만 존재했다.

하지만 그는 고개를 저으며 생각을 고쳐먹었다. 사안의 중대함을 고려하면 아깝다는 생각을 할 수 없었다. 그는 자신이 할 일에 집중했다.

비수를 꺼내 까마귀의 목을 자르고 그 검은 피를 수정구에 뿌렸다. 그리고 눈알을 파내 수정구 앞에 놓고는 주문을 외우기 시작했다.

그러자 놀라운 일이 벌어졌다.

강시오의 까만 눈동자가 다시 붉은색을 띠었다. 그리고

수정구에서 빛이 일더니 안개로 가득한 풍경이 나타났다.

혼원연무진.

풍운이 철강시와 강시견들을 제거하고 꼽추 노인이 자진했던, 어제 낮에 있었던 장면이 수정구에서 재생되었다.

그리고 강시오의 눈알과 수정구에서 점차 빛이 잦아들더니 이내 밀실은 깊은 정적에 잠겼다.

주문을 마친 중년인은 기력이 달린 듯 식은땀을 흘렸다. 숨이 가빴지만 내색하지 않으려 애쓰며 입술을 깨물었다.

경련이 일어나는 손으로 강시오를 새장 속으로 회수하고, 품속에서 천을 꺼내 수정구와 탁자 위의 검은 피를 닦았다.

그제야 배교주가 팔짱을 끼면서 침묵을 깼다. 무척이나 탁한 음성이 흘러나왔다.

"풍운이라……. 한참 어려 보이는데 대단한 친구군. 역시 정파 무림의 저력은 결코 얕볼 수가 없어. 어느 때고 저런 인간들이 하나둘씩 툭툭 튀어나오니 말이야."

"……."

"그래도 환당(幻堂) 삼조장이 증거를 남기진 않았군."

꼽추 노인을 일컬음이다. 감정이라고는 전혀 느껴지지 않는 담담한 표정.

하지만 중년인은 달랐다. 그는 이맛살을 잔뜩 찌푸린 채 근심스러운 어조로 말했다.

"하지만 정파인들이 우리의 존재를 알았습니다."

"……."

"어떻게 하시겠습니까?"

교주는 눈을 감은 채 다시 침묵을 고수했다.

그렇게 일각이 조금 넘는 시간이 천천히 흘러갔다. 중년인은 답답했지만 기다렸다. 그는 교주의 생각을 방해했다가 처형된 전임자들을 똑똑히 기억하고 있었다.

마침내 교주가 눈을 뜨고는 입을 열었다.

"상관없겠지."

"……!"

"언제까지 꼬리가 밟히지 않을 것이라고는 생각하지 않았다. 지금까지도 운이 좋았던 거야. 아주 많이."

대수롭지 않다는 교주의 말에 중년인의 눈동자가 거칠게 흔들렸다. 그는 이해가 되지 않는다는 표정으로 살짝 고개를 갸웃거렸지만 입을 열지는 않았다.

그러자 교주가 천천히 고개를 돌려 중년인을 보았다. 그의 잿빛 눈동자를 마주한 중년인은 자신도 모르게 등이 축축이 젖는 것을 느꼈다.

깊이를 알 수 없는, 마치 무저갱의 암흑 같은 동공이 잿빛 눈동자 가운데 있었다.

"환 당주(幻堂主)."

"예, 교주님."

배교주는 중년인의 고민스러운 표정을 읽고는 혀를 찼다.

"쯧쯧. 천하를 꿈꾸는 우리다. 그런데 배포가 그 정도밖에 안 되서야 어찌 큰일을 할 수 있겠는가?"

"죄송합니다."

"무림서생이라는 녀석은 아직 잘 모르니 앞으로 눈여겨 보아야겠지. 하지만 여간내기가 아니란 것은 이번 전쟁에서 확실히 알았어. 또한 무림맹의 우군사, 빙봉. 그 아이 역시 무시 못 할 책사다."

환 당주는 그래서 걱정이었다. 그런 책사들이 이번 일을 결코 허투루 넘기지 않을 것이기에.

배교주는 팔짱을 풀며 말했다.

"그렇게 똑똑한 인간들의 특징이 뭔지 아나? 신중하다는 거야. 사소한 것도 꼼꼼히 짚으면서 확인하지. 또한 그 일의 여파가 어떤 식으로 흘러갈지에 대해서도 고민하고."

환 당주의 눈에 이채가 스치는 가운데 배교주의 말이 이어졌다.

"그들이 본교의 부활을 세상에 공포하지는 않을 거라는 얘기다. 적어도 당분간은. 하고 싶어도 못해. 왜냐하면 천하에 평지풍파가 일어날 일이야. 그러기 위해서는 명백한 증거가 필요할 테니까."

환 당주의 고개가 절로 끄덕여졌다.

확실한 증거도 없는 상황에서, 젊은 고수 한 명의 말만 믿고 본교의 부활을 세상에 공포하는 건 쉽지 않은 일일 것이다.

자칫 유언비어로 세상을 어지럽힌다는 역풍을 맞을 수도 있었다.

"맞는 말씀이십니다. 다만…… 빙봉은 무림맹의 우군사로서 많은 무림명숙들과 교류를 하고 있습니다."

"그래, 그 계집은 분명 믿을 만한 여러 곳에 협조를 구하겠지. 그리고 은밀하게 우리를 쫓을 거야."

환 당주의 눈빛이 빛났다.

대대적으로 찾는 것이 아니라면 자신들은 쉽게 발각되지 않을 것이다.

"어느 정도의 시간은 벌 수 있겠군요."

"그렇지."

"그럼 당분간 본교는 활동을 중지하고……."

배교주가 고개를 저으며 다시 혀를 찼다.

"쯧쯧."

"……."

"방금 말한 것을 잊었나? 큰일을 하려는 자는 배포도 커야 하는 법이야."

환 당주는 고개를 조아리며 물었다.

"속하가 어리석어 교주님의 말씀을 잘 이해하지 못하겠습니다."

"우리가 갑자기 활동을 중지하면 오히려 더 의심을 사게 된단 뜻이야. 그럼 빙봉은 은밀하게 우리를 쫓는 것을 포기하고 추적 인원을 대폭 늘릴 수도 있어."

"그렇겠군요."

환 당주는 미간을 접으며 머리를 굴렸다. 분명 교주의 말은 일리가 있었다. 그러나 여전히 교주의 의도는 오리무중이었다.

더 의심을 사지 않기 위해서 지금처럼 계속 활동을 해야 한단 말인가? 빙봉이 눈에 불을 켜고 흔적을 찾아다닐 터인데? 너무 위험한 일이다.

배교주의 눈이 번뜩였다.

"이대도강(李代桃畺)."

환 당주가 눈을 치켜뜨고 자신도 모르게 몸을 부르르 떨었다.

병법 삼십육 계 중 십일 계(十一計)!

오얏나무가 복숭아나무를 대신해 죽는다는 뜻이다.

배교주는 몸을 일으키며 말했다.

"의심을 품고 있다면 풀어 줘야겠지. 알겠나?"

"예."

"본교의 존재를 놈들에게 보여 주라고."

환 당주는 허리를 깊이 꺾으며 답했다.

"그리 조치하겠습니다. 시간은?"

"너무 길면 빙봉이 지루하겠지? 일 년에서 이 년. 상황을 봐서 적당히 조정하도록."

"예. 그런데 혹시 점찍은 곳이 계십니까?"

환 당주의 질문에 배교주가 희미하게 웃었다. 몸서리쳐질 만큼 잔인한 미소였다.

"하남성 분타."

환 당주의 목젖이 꿀렁거렸다. 속으로 '설마?'라는 물음을 되뇔 때 배교주의 말이 떨어졌다.

"숭산의 소림사와 함께 사라지는 것도 나쁘지 않겠지."

소림사(少林寺).

불법과 무공 수련에 열중하느라 강호 무림에서 대외적인 활동은 크게 하지 않는 곳이다. 다른 문파들은 세를 확장하는 것에 열을 올렸지만 소림사는 내실에 집중했다.

그러나 소림사의 저력은 여전히 천하에서 으뜸이라 할 수 있었다.

환 당주는 입술을 지그시 깨물었다.

본교의 하남성 분타를 버릴 패로 만들어야 한다. 정파

인들이 그 하남성 분타가 부활한 배교의 전부라고 믿게 만들어야 하고.

쉽지는 않겠지만 어려운 일도 아니다.

문제는 특강시는 쓰지 말아야 한다는 점이다. 강화된 철강시는 적당히 넣고.

진짜 알짜배기 전력은 숨겨 두어야 한다. 그런데 그렇게 하면서 동시에 소림사를 없애는 것은 결코 쉽지 않을 것이다.

왜냐하면 소림사니까.

하지만 이미 교주의 명은 떨어졌다. 이 일을 어떻게 처리하느냐에 따라서 자신의 생사가 결정될 것이다.

"최선을 다하겠습니다."

쉽지는 않겠지만 성공만 한다면 자신의 입지는 탄탄대로일 터. 그렇기에 환 당주는 주먹을 꾹 움켜쥐었다.

교주가 몸을 일으키며 말했다.

"실수는 용납되지 않아. 우리는 삼백 년이 넘는 세월을 기다려 왔어."

음성은 차가웠다. 그러나 배교주는 환 당주를 믿었다. 그는 창의력이나 전체를 보는 안목은 부족했지만 내려진 명을 수행하는 능력만큼은 누구에게도 뒤지지 않았으니까.

교주는 환 당주를 뒤로 하고 밀실을 나가려다가 석문

앞에서 멈췄다. 그리고 고개를 돌려 물었다.

"천마검은 언제 볼 수 있나?"

"어제 새벽의 치료가 성공했다지만 빠른 이동은 어렵다는 연락이 왔습니다."

교주가 눈살을 찌푸렸다.

"그런가?"

"예, 아직도 매우 위험한 상태라서 어쩔 수가 없답니다."

"그렇군."

배교주는 고개를 끄덕이며 석실 문을 나섰다. 그리고 지하 복도를 지나 지상으로 올라섰다.

어둑어둑한 하늘.

은하수 북쪽에 붉은 별이 떠 있었다.

패왕의 별.

배교주는 그 별을 뚫어지게 보며 진득하게 웃었다. 그리고 마치 별이 사람이라도 되는 양 말을 건넸다.

"네가 하늘에 나타나면서 본좌는 확신했다. 우리가 보낸 치욕의 세월이 마침내 내 대(代)에서 끝날 것임을. 본교가 천하에 우뚝 설 것임을! 조금만 더 기다려라. 그날이 멀지 않았으니까."

*   *   *

마교와 흑천련의 사천 침공전은 끝났다.

비록 그것이 거대한 전쟁의 서막에 불과할지라도 일단 끝났다. 팽팽한 긴장감이 사라지는 대신 분주함이 그 자리를 대신했다.

모용린의 경우는 산더미 같은 서류에 파묻혔다. 그리고 수많은 무사들은 치료에 들어갔다.

긴장이 풀어지자 부상이 없다고 생각됐던 사람들의 몸도 여기저기에서 아우성을 질러 댔다.

그 와중에 위령제가 치러졌고, 승리의 축제도 펼쳐졌다. 청성파, 점창파, 아미파가 있는 곳으로 위문단도 출발했다.

특히나 수뇌부나 후기지수들은 그런 행사에 빠질 수가 없었기에 더더욱 분주했다.

이렇게 모두가 제각각 할 일의 홍수에 휩쓸렸다.

그런데…… 가장 바쁠 것이라 생각됐던 천류영은 자신의 방에서 멍하니 있었다.

일종의 배려였다.

천류영이 얼마나 혹사당했는지 모두가 알고 있었다. 당문을 구하러 갈 때 입은 깊은 부상을 모르는 사람은 없었다. 그러다 보니 위령제와 승리의 축제를 제외한 모든 행사에서 천류영을 빼 두었다.

청성이나 당문를 비롯한 여러 문파도 천류영의 정식 초대를 뒤로 미뤘다. 독고설을 비롯한 후기지수들이 참가한 위문단에도 천류영은 빠졌다.

그래서 이렇게 화창한 봄날의 오전.

천류영은 자신의 거처에서 창밖을 보며 멍하니 있었다.

"음……."

그는 별 뜻 없는 흥얼거림을 뱉다가 귀밑머리를 긁적였다.

"빙봉을 도와줄까?"

그는 스스로 던진 질문에 피식 웃었다. 아직 무림맹의 사군사 자리를 받아들일지 결정하지 못했다. 그러니 괜히 도우러 갔다가 기밀문서라도 취급하고 있으면 빙봉이 곤혹스러울 것이다.

천류영은 따뜻한 봄 햇살을 받으며 이런저런 생각을 했다.

천마검은 어떻게 됐을까? 초지명 흑랑대주는?

배교는?

생각을 시작하자 머리가 아파 왔다. 왜냐하면 답을 알 수 없는 질문들이기 때문에.

그러나 새로운 질문들은 끊임없이 일어났다.

그 대부분은 결국 무림에서 앞으로 어떻게 살아가야 하느냐는 것이었다.

"일단!"

그는 자리를 박차고 일어났다. 며칠 후면 한중으로 떠나야 한다. 어머니와 여동생이 있는 독고세가로.

선물을 사러 성도 시내로 들어갈 생각을 했다.

천류영은 풍운의 거처로 향했다. 자신과 함께 이 사천 분타에서 지금 가장 한가한 사람.

그러나 천류영은 풍운의 닫힌 방문 앞에 걸린 글씨를 보고 돌아서야 했다.

『운기행공 중.』

결국 그는 혼자서 마구간으로 가서 이제는 자신의 애마가 된 백마, 설총을 꺼냈다.

"설총아. 후딱 갔다 오자."

소중한 사람의 선물을 산다는 건 기분 좋은 일이다. 천류영은 희희낙락하면서 사천 분타의 후문을 나섰다.

그는 바람처럼 말을 몰아 성도로 들어섰다.

익숙한 저자거리의 풍경.

그런데 천류영은 이 익숙함 속에서 묘한 들뜸을 느꼈다.

예전엔 숱한 고민과 슬픔을 간직하고 이 길을 걸었다. 배가 고파도 철문 일 문을 아끼기 위해 끼니를 거르곤 했다.

"주머니가 두둑하니 세상 풍경이 다르게 보이는군."

천류영은 사람들로 혼잡한 저자로 들어서자 백마에서 내렸다. 고기만두로 점심을 해결한 그는 어떤 선물이 좋을까, 라며 고민하며 걷다가 반색했다.

유씨의가(柳氏醫家).

성도에서 가장 의술이 뛰어난 의원이 있는 곳이었다.

이곳에서 독고설이 주었던 은자 백 냥으로 좋은 보약을 지었었다. 그렇지만 그 약은 사한현의 고향집에서 진담휘 국주를 만나는 통에 써 보지도 못하고 사라졌다.

천류영은 입구 옆에 말을 매어 두고 안으로 들어섰다. 그리고 약을 주문하고 기다리다가 얼굴이 굳었다.

한 사내가 호위들의 부축을 받으며 유씨의가 안으로 들어서고 있었다.

그가 눈을 부릅뜨며 삿대질을 했다.

"너, 너너너!"

천류영은 이를 악물었다.

"진담휘."

〈『패왕의 별』 제9권에서 계속〉

www.bbulmedia.com